IL CACCIATORE

I Western Di Reuben Cole Libro 2

STUART G. YATES

Traduzione di
SIMONA LEGGERO

Copyright (C) 2020 Stuart G. Yates

Layout design e Copyright (C) 2022 by Next Chapter

Pubblicato 2022 da Next Chapter

Copertina di CoverMint

Tascabile in edizione economica

Questo libro è un'opera di finzione. Nomi, personaggi, luoghi e incidenti sono il prodotto dell'immaginazione dell'autore o sono usati in modo fittizio. Qualsiasi somiglianza ad eventi attuali, locali, o persone, vive o morte, è puramente casuale.

Tutti i diritti riservati. Nessuna parte di questo libro può essere riprodotta o trasmessa in qualsiasi forma o con qualsiasi mezzo, elettronico o meccanico, incluse fotocopie, registrazioni, o da qualsiasi archiviazione delle informazioni e sistemi di recupero senza il permesso dell'autore.

*Per Janice, come sempre, con tutto il mio amore,
e anche per Ray, di nuovo, che ama sempre un buon western.*

Buon divertimento!

CAPITOLO UNO

Il Mid-West, 1875.

In quell'ultima mattina, Charlie, come faceva quasi tutti i giorni, scavò in uno dei numerosi orti che punteggiavano i campi intorno ai lati della casa di famiglia. Presto, se queste ultime coltivazioni avessero avuto lo stesso successo delle precedenti, avrebbe iniziato a espandere la coltivazione in interi campi. Aveva portato con sé l'aratro che aveva sempre pensato di usare nel suo piccolo podere nel Kansas. La prospettiva di agganciarlo a una squadra di cavalli forti e di scavare solchi in questa terra buona era finalmente reale. Chiudendo gli occhi, si fermò e si concesse un momento per sognare un po', assaporando il pensiero di creare una bella fattoria funzionante. Già il grano stava prendendo bene e presto ci sarebbero state le patate e un gran numero di altre piante. Il suo non era un lavoro d'amore, ma un lavoro nato dalla necessità: senza queste colture non ci sarebbe stato cibo per la sua famiglia. Il fallimento significava che sarebbero morti tutti. Questa terra, che si estendeva incontaminata e incolta, doveva essere domata se voleva rinunciare ai suoi indubbi tesori. La vita in Kansas si era dimostrata restrittiva, con una burocrazia crescente che ostacolava le opportunità di prosperare davvero. Le opportunità ad ovest continuavano ad attrarre coloro che volevano e potevano impegnarsi per avere successo. Così, determinato a realizzare le sue aspirazioni, Charlie aveva caricato il suo carro e si era diretto a ovest, con sua moglie Julia, i loro due figli e la figlia quattordicenne. Era un viaggio che avrebbero dovuto fare anni prima ma, ora che erano qui, il futuro sembrava luminoso. Tutto quello che avrebbe dovuto fare era continuare le sue fatiche fino al completamento e alla preparazione dei campi. Così, con i muscoli che già urlavano, affondò la vanga in profondità nella terra e la girò prima di inginocchiarsi per estirpare le erbacce con un forcone dal manico corto.

Dall'interno di una delle due stanze della capanna di legno appena costruita, che ancora odorava dolcemente di legno appena tagliato, il suono di sua moglie che cantava lo raggiunse. Lui sorrise. Nel Kansas, lei aveva cantato nel coro della chiesa, e lui sapeva quanto le mancasse la sua vita lì. Ma era sempre stata di supporto alle sue ambizioni, la sua forza tranquilla lo sosteneva ogni volta che lui vacillava nell'insicurezza.

Dall'altra parte del campo di grano, i suoi due figli erano impegnati ad erigere la recinzione che separava la loro terra dalle sconfinate pianure al di là. Mezza dozzina d'anni prima, la paura costante degli attacchi dei Comanche predoni rendeva impossibili tali sforzi. Ora, al sicuro nelle loro riserve, i Signori delle Pianure del Sud non rappresentavano più una minaccia. Recentemente era trapelata la notizia che gli Apache continuassero a combattere contro le forze governative nel Texas meridionale, ma tutti si sentivano sicuri che entro breve tempo anche loro sarebbero stati rinchiusi al sicuro. I mormorii sui continui problemi nell'estremo nord facevano poca impressione su coloro che si erano stabiliti nelle terre al confine con il Nuovo Messico. Forse avrebbero dovuto.

Il forcone colpì qualcosa di duro e inflessibile, così Charlie tornò a usare la vanga, facendo scivolare la lama sotto una roccia ostinata e sollevandola dall'abbraccio del terreno. Si prese un momento per passarsi il braccio sulla fronte, ma non permise che la stanchezza gli smorzasse il morale. Presto l'intera famiglia avrebbe lavorato al raccolto, portando a termine il primo raccolto di successo. Come per sottolineare la buona fortuna di cui tutti godevano, la figlia Amber arrivò di corsa, raggiante. "Buongiorno, papà", disse, la sua voce bella come lei. Charlie sorrise in risposta e tornò a usare il forcone per eliminare le erbacce.

Amber si avvicinò al pozzo e calò con cautela il secchio nelle oscure profondità. Dall'interno della capanna di legno il suono di Mary, sua moglie, che cantava a squarciagola rendeva la giornata ancora più speciale.

Un rumore lontano, più uno starnazzo che una voce umana, fece alzare la testa a Charlie. Accigliandosi, credette di vedere del movimento all'orizzonte. Polvere, indizio certo di uomini a cavallo. Si mise in piedi, sbuffando forte. I continui piegamenti gli stavano distruggendo le articolazioni, unico difetto di una vita altrimenti perfetta. Si concentrò di nuovo sulla macchia di colore marrone che si sollevava in lontananza. Sicuramente cavalli. Chi poteva essere? Aveva sentito voci di inquietudine tra alcuni degli indiani delle riserve, un desiderio di tornare ai grandi giorni del passato, quando i Comanche vagavano per queste terre prima di essere espulsi con la forza. Sicuramente i giorni di violenza insensata erano ormai passati, sepolti insieme alle molte centinaia, se non migliaia di persone che avevano perso la vita da entrambe le parti. L'inquietudine stava portando a focolai di lotta nel nord, poiché la scoperta dell'oro significava che molti più bianchi avrebbero invaso il territorio indiano. Fece una piccola preghiera di ringraziamento per aver portato la sua famiglia nella relativa calma del Nuovo Messico. Gestire una piccola azienda agricola a est gli aveva dato abbastanza abilità e conoscenze per dedicarsi all'agricoltura vera e propria e sembrava, finalmente, che le cose stessero andando come voleva lui.

"Papà, papà, per l'amor di Dio, va' dentro!"

I due cavalieri erano ora pienamente in vista. Non erano indiani, ma i suoi due figli, che cavalcavano come se i segugi dell'inferno fossero alle loro calcagna, battendo i fianchi dei loro cavalli con i cappelli, entrambi i ragazzi con la faccia rossa e le smorfie.
"Papà, prendi il Winchester!"

Charlie non riusciva a capire cosa fosse tutto quel trambusto. Rimase a guardare, un po' perplesso, mentre i ragazzi frenarono bruscamente i cavalli, smontando prima che si fermassero del tutto, e correndo nella cabina. Sentì sua moglie gridare: "Ragazzi, toglietevi quei luridi stivali, non voglio...".

"Papà?"

Charlie si voltò verso il suono della voce di sua figlia. Sembrava spaventata e la vide in piedi accanto al pozzo, la brocca piena, l'acqua che gocciolava dall'orlo. Fissava a bocca aperta qualcosa oltre la sua spalla. Mentre seguiva il suo sguardo, una freccia la colpì alla gola e lei cadde in silenzio, con uno sguardo di orrore abietto sul suo bel viso. Sapeva che era morta prima che toccasse terra, ma questa consapevolezza non gli servì a galvanizzarlo nell'azione. Invece, rimase immobile, incapace di reagire. Sentiva il rumore degli zoccoli che si avvicinavano, sentiva il sapore acre del sudore di cavallo in fondo alla gola, ma le sue membra non rispondevano. Rendendosi conto che dei forestieri stavano invadendo la sua terra, decisi a distruggere tutto ciò che gli era caro, in qualche modo riuscì a staccare lo sguardo dall'incubo che aveva davanti agli occhi e notò il guerriero seminudo che balzava dal suo cavallo ancora in corsa, per colpirlo. Scorrazzando sotto l'indiano spaventosamente potente, Charlie fece del suo meglio per evitare il colpo di un'ascia lampeggiante. Ma anche mentre si contorceva e afferrava il polso del suo aggressore, un'esplosione di fuoco gli scoppiò nel fianco. L'indiano urlò in trionfo, con la saliva che colava dalla sua bocca pazza e smorfiosa, brandendo il coltello che grondava sangue. Il sangue di Charlie.

Da qualche parte, mani ruvide e forti lo stavano afferrando per le spalle, trascinandolo per terra. Sentì uno sparo, delle urla. Le urla di sua moglie. Grida e gemiti di dolore.

Quelli che lo trattenevano lo tirarono all'interno ed egli vide, attraverso una nebbia di dolore, i suoi bei e forti figli che venivano sventrati, sua moglie scalpellata e schiaffeggiata, guerrieri belanti che riempivano la sua casa un tempo bella, la loro nudità un abominio ai suoi occhi.

Lo trascinarono in piedi e lo costrinsero a guardare. A un certo punto, all'interno degli orrori messi in atto intorno a lui, perse conoscenza, solo per essere risvegliato con un pugno, volti sorridenti che si avvicinavano, lame roventi che gli tagliavano la carne. Buon Dio, non sarebbe mai finita la danza di quei mostri che guaivano tra il sangue.

Molto tempo dopo, i cacciatori bianchi catturarono quei pochi guerrieri che si erano attardati rispetto ai loro compagni. Cougan pagò l'intervento con la sua vita e lo seppellirono insieme agli altri. Sterling Roose disse qualche parola, ma Reuben Cole, che stava nel cortile e scrutava in direzione dei Comanche in fuga che correvano via con i cavalli rubati a Charlie, sentì appena una parola. "Farò loro quello che hanno fatto a questa povera gente", disse tra i denti digrignati e le lacrime che scorrevano. Il suo compagno Roose sospirò. "Dovremo fare rapporto alla truppa", disse, la voce distante, tutta la forza strappata via.

"Vai tu", disse Cole, ricaricando il fucile. "Dì al tenente cosa è successo qui e fai in modo che una squadra vada in perlustrazione della zona, avvertendo gli altri contadini di quello che potrebbe succedere. Nel frattempo, io li terrò a bada. Raggiungetemi meglio che potete".

Cole fece per allontanarsi, ma Roose lo trattenne per un braccio. "Non puoi prenderli da solo, Reuben. Per pietà..."

Cole alzò lo sguardo sul suo compagno. "Puoi scommetterci la tua dolce vita che posso, Sterling".

Detto questo, tornò indietro da dove era venuto, slegò il cavallo e montò.

Roose guardò il suo amico andarsene e sapeva che tutte le furie dell'inferno sarebbero state presto scatenate su quegli uomini in fuga. L'aveva già visto prima e sapeva fin troppo bene di cosa fosse capace Reuben Cole.

Mentre stava in piedi, i suoi occhi non lasciavano la forma di Cole che lentamente diminuiva, ricordò la prima volta che era successo e un brivido lo attraversò mentre i ricordi si agitavano nella sua mente. Avendolo già visto, ringraziò Dio di non essere testimone di quello che Cole avrebbe fatto quando avrebbe raggiunto quei predoni Comanche.

CAPITOLO DUE

Alcuni anni prima

Hyram Clay era un uomo grosso, non facile alla rabbia, ma anche lento nelle reazioni. Il primo pugno si incrinò nella sua mascella nonostante fosse ben telegrafato, e lui barcollò all'indietro, impressionato dal peso del colpo e dalle dimensioni dell'uomo nero che si avvicinava a lui.

"Non sopporterò più i tuoi insulti" disse Cougan, flettendo le spalle e conficcando il pugno destro nelle costole di Clay. Il respiro dell'omone uscì veloce dalla sua bocca e il gancio sinistro lo fece cadere a terra, dritto sul sedere, fissando incredulo il sangue che colava tra le fessure delle assi di legno.

"Accidenti, è proprio un bel tipo", disse Sterling Roose da dove era seduto, con le gambe allungate sotto il tavolo da gioco. I due uomini di fronte, con le carte vicino al viso, mormorarono a malapena una risposta. Una decina di dollari erano sparsi sul tavolo davanti a loro e nessuno dei due era disposto a correre il rischio che qualcuno di loro se ne andasse a spasso.

"Quel Clay se l'è cercata", continuò Roose, quasi tra sé e sé, ora. "Non ho mai incontrato un individuo più arrogante ed egoista".

"Cougan è un bastardo ignorante", disse

inaspettatamente uno dei giocatori di carte, sfogliando la sua mano. "Preferirei che fosse lui a sputare i denti".

"Anch'io", disse il suo compagno, aggrottando la mano. "Vedo i tuoi cinquanta centesimi e rilancio di altri cinquanta".

"Spara," sibilò Roose, lanciando un'occhiata allo spazio vuoto accanto al suo gomito. Tutti i suoi soldi erano spariti e una rapida occhiata alla sua mano di carte confermò che avrebbe avuto davanti una gustosa vincita se avesse avuto i mezzi per coprire la scommessa del suo avversario. Gettò le sue carte. "Sono fuori."

"Peccato", disse l'uomo di fronte, sorridendo mentre il suo compagno copriva la posta e deponeva le sue carte. "Una coppia di sei".

Ridacchiando, l'altro allungò la mano e sorrise. "*Due coppie*". Roose gemette interiormente. Avrebbe potuto battere entrambe le mani. Alzò lo sguardo per vedere Cougan che prendeva Clay per la gola e lo sollevava in piedi. Una spinta del suo collo da toro e la sua fronte entrò in contatto con il naso di Clay, l'udibile schiocco dell'osso mandò un fremito attraverso lo scroto di Roose. Clay urlò e Cougan colpì con un gancio sinistro oscillante e poi tutto finì, e Clay si accartocciò in un mucchio di sangue svenuto sul pavimento del bar.

Una mano premette sulla spalla di Roose, allarmandolo. La sua mano stava già raggiungendo la Colt Cavalry alla vita quando vide chi era e si rilassò immediatamente.

Reuben Cole si sedette sulla sedia accanto al suo amico. "Sei teso".

"Ho appena visto Cougan fare a pezzi quello scimmione di Clay, quindi ero un pò preoccupato".

Annuendo, Cole fissò il grosso uomo nero che, dopo aver abbattuto Clay, era ora impegnato a frugare nelle tasche dell'uomo. "Sembra che si trattasse di una sorta di regolamento di conti".

"Sono entrambi cattivi".

"E pericolosi". Cole gettò un occhio caustico sui due giocatori di carte di fronte. "Sterling, il capitano Phelps vuole parlarci di alcuni furti in corso vicino al confine. Cavalli dell'esercito. Non è impressionato e vuole che i colpevoli siano portati qui e impiccati pubblicamente nella piazza d'armi del forte".

"Dovrebbe essere un ottimo articolo per l'Harper's Weekly".

"Interessante, anche io credo stia progettando proprio questo".

"Il nostro capitano Phelps vuole giocare".

"È pieno di succhi gastrici e ha un'irritazione da rasoio sul collo. Quindi non è di buon umore".

I due lasciarono il bar, notando Cougan che si dirigeva verso il bancone per ordinare un grosso whisky con i soldi estratti dal taschino di Clay. Senza dubbio, presto sarebbero seguiti altri guai.

Togliendosi la polvere dagli stivali, i due esploratori salirono i gradini dell'ufficio del capitano, facendo un cenno alla guardia all'esterno. Il giovane soldato si irrigidì, ruotò il corpo e diede un leggero colpo alla porta. Una voce burbera dall'interno invitò i suoi visitatori a entrare.

Era un ufficio grande e ben ordinato, che odorava di quercia e di fumo di sigaro. La quercia proveniva da un'ampia scrivania e da diversi armadietti disposti contro le pareti. L'aroma del tabacco proveniva dal grasso sigaro che il capitano Phelps masticava mentre era chino su una grande mappa stesa davanti a lui. Indossava una camicia grigia ben inamidata, i pantaloni dell'uniforme tenuti su da larghe bretelle. Sulla sua sedia, appesa a un bracciolo, c'era la sua giacca militare. Mentre i due esploratori si avvicinavano e battevano i tacchi, lui li scrutava da sotto le sopracciglia pesanti. Un uomo grosso, si diceva che un tempo avesse combattuto contro il peso massimo Tom Allen. Il suo naso rotto e il suo volto pesantemente sfregiato davano alla storia un peso considerevole.

"Signori", disse il capitano, facendoli avvicinare, "abbiamo un problema e dobbiamo risolverlo il prima possibile".

I due esploratori si mossero per affiancare l'ufficiale dalle spalle larghe. La mappa copriva la parte settentrionale del Nuovo Messico e il suo confine con il Colorado.

"Oltre Willow Springs", continuò Phelps, "c'è una stazione commerciale semiabbandonata, una delle tante lungo il vecchio sentiero di Santa Fe. È stato recentemente convertito in una stazione d'acqua per la ferrovia. Poco più di una settimana fa, una locomotiva è entrata per ricaricare la caldaia. Accoppiata ad essa c'erano tre carrozze dell'esercito americano, con una trentina di cavalli portati giù da Denver. C'era un piccolo distaccamento di soldati a guardia del carico, perché nessuno pensava che qualcuno avrebbe osato dirottarlo".

"Ma qualcuno l'ha fatto", disse Cole.

"C'erano sei guardie. Quattro sono state uccise, una quinta è stata ferita. Il sesto, un soldato semplice di nome Parrott è riuscito a scappare e ha dato l'allarme. È arrivato fin qui e si è fatto medicare. È un miracolo che abbia fatto quello che ha fatto o forse non avremmo saputo del furto per settimane".

"Era ferito gravemente?"

Phelps scrollò le spalle. "Non lo so e non mi interessa. Sono i ladri di cavalli che il governo vuole, Cole".

"E il macchinista del treno?"

Phelps soffiò fuori una densa nuvola di fumo e raddrizzò la schiena, il suo sguardo si posò su Roose. "Hanno sparato anche a lui, insieme al fuochista e al frenatore".

Accigliato, Roose guardò la mappa. "Indiani?"

"Ne dubito. Le riserve non hanno segnalato alcuna evasione". Phelps strinse i denti sul sigaro e fece passare entrambi i pollici sui tutori. "Si tratta di un gruppo di individui spietati che sono scappati con i cavalli dell'esercito, con l'intenzione di venderli. Crediamo che li stiano portando fino al confine messicano".

"Per venderli ai messicani?" Roose lanciò uno sguardo verso Cole. "Mi sembra un pò esagerato, non credi? Cosa potrebbero portare trenta cavalli? Duecento dollari a testa, *se* sono purosangue".

"Oh, sono più di quello Roose", disse Phelps. "Sono riproduttori. Stalloni. Quello che avete qui è la base per un reggimento dei migliori cazzo di cavalli da cavalleria che questa parte del mondo abbia mai visto".

Roose fischiò. "Non mi stupisce che l'esercito li rivoglia indietro".

"Li rivogliono indietro, ma vogliono ancora di più gli uomini che hanno fatto questo. Dovete portarli qui vivi, per un'impiccagione qui al forte".

"Aspettate", disse Cole lentamente. "È chiaro che non sono un branco di dilettanti e devono aver avuto qualche informazione interna per sapere che il treno era pieno di bestiame di prima qualità".

"Infatti", disse Phelps.

"Quindi di quanti uomini stiamo parlando".

"Il nostro testimone ha detto che ce n'erano almeno dieci".

"Dieci. Assassini".

"Così sembra".

"E vuoi che ci mettiamo contro dieci disperati armati e molto capaci?"

"Non riesco a pensare a nessun altro che riuscirebbe in una simile impresa, Cole".

"Beh, è molto gentile da parte sua, capitano, ma come diavolo si aspetta che portiamo qui dieci individui del genere, *vivi?*

"Ti sto dando sei uomini validi, Cole. Tutto quello

che devi fare è raccogliere le loro tracce e dargli la caccia".

"Capisco..." Cole pensò per un momento. "E questo sopravvissuto, quello che si chiama Parrott, sapeva da che parte sono andati?"

"Più o meno".

"Non sospetta che sia lui l'infiltrato, capitano? Voglio dire, sembra incredibilmente fortuito che sia sopravvissuto, sa quanti erano *e* da che parte sono andati".

"La buona misericordia di Dio, Cole. Ecco cos'è."

Finito l'incontro, Cole e Roose si diressero fuori nella luce accecante del sole. Strizzando gli occhi l'uno verso l'altro, entrambi emisero lunghi sospiri. Cole fu il primo a parlare.

"Hai creduto a una sola parola di quelle sciocchezze?"

"Non sono sicuro su cosa credere, Cole. Il capitano è...." Scosse la testa, gli occhi bassi come se fosse riluttante a incontrare lo sguardo gelido di Cole. "Lo conosci da più tempo degli altri".

"A distanza, Sterling. Non ho mai condiviso il pane con lui, né ho mai sentito il desiderio di farlo".

"Perché no?"

"Si dice che facesse parte di uno di quegli squadroni di rinnegati che scorrazzavano con Anderson nel Kansas durante la guerra. Una volta l'ho sentito parlare di Jesse James, di come l'avesse conosciuto e fosse diventato una specie di amico. Mi chiedo se un uomo del genere possa mai dedicarsi a questioni legali".

"Quindi lo conoscevi, ai tempi della guerra?"

"Diciamo solo che ho imparato alcune cose, la maggior parte delle quali sgradevoli. Dopo la guerra, so che si è arruolato nell'esercito riuscendo in qualche modo a mantenere il suo passato un po' segreto. Ma ha la lingua lunga ed era noto, quando ubriaco, per parlare di Anderson e James. Quando ero con Terrell a caccia di quei gruppi di guerriglia, non l'ho mai incontrato. Quello è successo dopo".

"Accidenti, Cole, pensi che sia coinvolto in qualcosa di illegale... come rubare cavalli, per esempio?" Strofinandosi il mento, Roose si perse per un attimo a pensare. "Forse è stato lui a incaricare Parrot di farlo?".

"Chi lo sa. So solo che gli ordini sono ordini e finché siamo alle dipendenze dell'esercito degli Stati Uniti, è quello che facciamo".

"Sì, ma possiamo fidarci di lui?"

"La fiducia non c'entra molto, Sterling". Esalò un lungo respiro. "Se riusciamo a seguire le tracce dei ladri di cavalli, e gli uomini che cavalcano con noi sono bravi, allora potremmo..."

"Cole, indipendentemente da chi viene con noi, è una missione suicida".

"Vero. Mettendo da parte quello che hai appena detto, se Parrot, questo cosiddetto infiltrato, ha dato informazioni ai ladri, è inevitabile che sappia chi sono i ladri. Se lo raggiungiamo, sapremo con chi abbiamo a che fare".

"Probabilmente erano dotati di ogni tipo di sicurezza, come un piccolo esercito di Federali che aspettava di dar loro una mano".

"I federali non attraversano la frontiera".

"È vero, ma come possiamo fermare quei ladri di cavalli prima che attraversino il Rio Grande?

"Parlando con l'uomo che ha dato loro l'informazione in primo luogo". Sogghignò. "Non dobbiamo essere dei geni per capire chi è stato".

"Penso che tu abbia ragione: è Parrott, il soldato sopravvissuto. L'ho pensato quando Phelps l'ha menzionato per la prima volta, ma come potrebbe un soldato di basso rango avere quel tipo di informazioni?

E anche se le avesse, come potrebbe essere abbastanza sveglio da mettere a punto un piano del genere?"

"Credo che tu abbia ragione, Sterling, ma, come ho detto, credo anche che lui sarà in grado di indicarci la direzione giusta, quindi facciamo una visita al dottore e vediamo quanto erano gravi le ferite di Parrot".

CAPITOLO TRE

"Oh sì, era qui", disse il chirurgo dell'esercito, un uomo noto per essere più legato a una bottiglia che alla sua professione. Stava in piedi in mutande e canottiera sporca, con i piedi nudi, mentre si versava una grande tazza di caffè da un pentolino di metallo malconcio. Cole notò come la mano dell'uomo tremava mentre portava con attenzione la tazza alle sue labbra screpolate e sorseggiava il caffè fumante.

"Era?" Sterling scambiò una rapida occhiata con il suo amico. "Quanto tempo fa se n'è andato?"

"Non so dirlo con precisione". Il chirurgo schioccò le labbra e si mosse verso la sua scrivania disordinata. I due esploratori si trovavano in un ambulatorio trasandato e disorganizzato, che puzzava di qualcosa di sgradevole. Cole intuì che poteva essere un misto di urina e vomito. Sperava che non fosse quello che il chirurgo usava per pulire il casino dopo le sue operazioni. Un letto malconcio lungo la parete più lontana era scolorito di rosa, un mucchio di strumenti macchiati di sangue immersi in un liquido sudicio poggiava su uno sgabello a tre gambe al suo fianco. Il chirurgo colse lo sguardo turbato di Cole e ridacchiò. "Stamattina ho dovuto occuparmi di un giovane caporale che è stato preso a calci nelle budella da un cavallo che avrebbe dovuto accudire".

Roose Sterling si schiarì la gola. "È sopravvissuto?"

Il chirurgo sorrise al tono incredulo di Sterling. "Ho usato una di quelle nuove tecniche di cucitura fantasiose provenienti dall'Inghilterra. Hanno parlato di rendere l'intestino *antisettico*. Si suppone che un personaggio chiamato Lister abbia sviluppato tecniche che impediscono alle persone di infettarsi durante e dopo l'operazione. Comunque, ci ho provato, immergendo le budella nel fenolo. Aveva un'emorragia interna, vedete. Era in uno stato terribile".

Sterling Roose lasciò uscire un respiro tremante. "Sì, ma come ho detto, è sopravvissuto?"

"Fino ad ora. Vuole vederlo?"

Sterling impallidì al pensiero. "Ehm, non ora, grazie."

Ridendo, il chirurgo si accasciò sulla sua sedia. "Per quanto riguarda Parrot, dubito che lo troverete alla base. Mi parlava di tornare a casa, ma dalla fretta che aveva di uscire dalla stalla, dubito che abbia detto la verità".

"Come le è sembrato?" chiese Cole.

"Spaventato. Occhi selvaggi, folli, che vagavano dappertutto come se si aspettasse che qualche orrore lo attendesse".

"Orrore?" Sterling ruotò la spalla, con un'aria malferma, puntando gli occhi verso la porta aperta dell'ambulatorio. "Che tipo di orrore?"

"Niente di spetttrale", rispose il chirurgo, ridacchiando di nuovo tra sé. Sembrava che si divertisse molto in quasi tutto quello che succedeva intorno a lui, un fatto che Cole trovava irritante.

"Dove pensa che possa essersi diretto?" chiese Cole. "Ha detto che ha parlato di casa".

"Non ne ho idea. Non sono sicuro che avesse un posto in particolare in cui andare. Non era di qui, come senza dubbio già sapete. È fuggito a cavallo da quell'attacco al treno il più velocemente possibile, è stato preso da una pattuglia un paio di miglia a nord e portato qui per dare la sua testimonianza".

"Che il capitano Phelps ha raccolto", disse Roose, più una dichiarazione che una domanda.

"Infatti".

"La cosa migliore è chiedere in giro per le baracche", suggerì il chirurgo. "Qualcuno potrebbe aver sentito qualcosa. L'unico posto che mi ha menzionato è Willow Springs".

"Dubito che tornerà da quella parte, ma grazie lo stesso". Cole fece un cenno verso i vari strumenti chirurgici disposti sul letto d'attesa, con il sangue secco che copriva la maggior parte del metallo nudo. "Le auguro una buona giornata".

Uscendo alla luce del giorno, Cole si fermò nell'atto di rollarsi una sigaretta, mettendo gli occhi davanti a sé mentre un sergente di cavalleria attraversava con decisione la piazza d'armi verso di loro.

"Quello è Burroughs", disse Roose a bassa voce. "Secondo sergente di truppa".

Portandosi elegantemente sull'attenti, il grande sergente, dall'aspetto potente, fece un rapido saluto, dando la maggior parte della sua attenzione a Cole mentre parlava. "La accompagnerò nella caccia ai ladri di cavalli, signor Cole. Gli uomini sono radunati, i cavalli sellati, le provviste imballate. Il capitano Phelps ha detto che si muoveranno verso il confine messicano, quindi dovremo partire subito".

"Stavo pensando che potrei parlare prima con questo Parrott, scoprire un pò' di più su chi sono questi ladri".

Burroughs si accigliò, con aria confusa. "Parrott ha lasciato il forte, signor Cole. È diretto verso una piccola città chiamata Rickman City".

"È interessante", disse Cole. "Come lo sa?"

Burroughs alzò le spalle. "L'ha detto praticamente a tutto il forte prima di andarsene. Le sue ferite non erano altro che qualche graffio, e probabilmente se le è procurate dai rovi in cui si è nascosto mentre quella feccia assassina fuggiva con i cavalli".

"Ha parlato a lungo con lui?"

"No. Perché avrei dovuto?" Burroughs rivolse la sua espressione sofferente nella direzione da cui era venuto. "Dovremmo andare. Hanno già tre giorni di vantaggio su di noi".

"Va bene, sergente", disse Cole. "Ci vediamo all'ingresso. Dieci minuti."

Un altro saluto e Burroughs girò sui tacchi e se ne andò.

"A cosa stai pensando ora, Cole?"

Sorridendo verso il suo amico, Cole finì di preparare la sua sigaretta, l'accese e inspirò profondamente. "Non ha parlato a lungo con Parrott, eppure sa dove è andato e che non è stato ferito gravemente".

"E allora?"

"Mi colpisce che il nostro buon sergente abbia avuto una conversazione con Parrot. Interessante, non credi?"

"Non vedo l'importanza di tutto questo, Cole, ma mi fa sentire a disagio".

"Anche a me".

"So solo che ho una sensazione di disagio lungo la schiena per questa stora. Quando facciamo una domanda, viene messa da parte. Mi fa sentire che ci stanno spingendo a fare questo lavoro in fretta".

"Sono d'accordo, Sterling. Qualunque cosa accada, dobbiamo stare in guardia, questo è sicuro".

CAPITOLO QUATTRO

Roose lasciò che i suoi occhi vagassero sugli uomini che avrebbero fatto parte del gruppo che si sarebbe unito a lui e Cole. L'indiano dall'aspetto scarno appoggiato a una ringhiera per l'autostop era l'unico che lo riempiva di fiducia. Si era presentato come Orso Bruno e quando sentì il nome di Cole i suoi occhi si illuminarono. "Reuben Cole?" chiese eccitato.

"Lo conosci?"

"Da anni fa, quando eravamo entrambi giovani".

"Va bene, allora". Sorridendo, Roose andò a cercare il sergente.

Burroughs riuscì a malapena a nascondere la sua irritazione quando Sterling Roose lo informò della partenza di Cole per il nord. "Tende a fare le cose a modo suo", spiegò Roose, trattenendo lo sguardo del sergente.

"Ma abbiamo degli *ordini,* o non crede a queste cose?".

Roose distolse lo sguardo, non volendo entrare in un dibattito sulla moralità del seguire ordini che non avevano senso. "Oh, sono sicuro che ci raggiungerà - quando sarà pronto".

"Nord ha detto? Nord dove?"

"Chi lo sa. Come ho detto, tende a fare le cose a

modo suo. Per quanto riguarda noi, sergente, suggerisco di dirigerci dove potrebbero essere andati quei ladri".

Inghiottendo qualsiasi altro commento, il sergente Burroughs ordinò ai suoi uomini di andare avanti e il piccolo gruppo di uomini in uniforme uscì lentamente dall'ingresso del forte.

Roose si rivolse allo scout Shoshone che conosceva Cole. "Spero proprio che Cole sappia cosa sta facendo".

"Di solito sì", disse Orso Bruno, il suo volto una maschera, imperscrutabile.

Andarono avanti. Attraversando l'arida pianura, fecero buoni progressi, gli uomini erano decisi, attenti e professionali, che era proprio come piaceva a Roose. Voleva uomini che fossero ben abituati a viaggiare attraverso le pianure, uomini che potessero gestire l'accamparsi sotto le stelle e che fossero attenti al pericolo. Questa continuava ad essere una terra selvaggia e indomita, con o senza i Comanche.

Un movimento interruppe i suoi pensieri e Roose si tese quando il sergente gli si affiancò, respirando a fatica. "So che ha detto che il signor Cole fa le cose a modo suo, ma ha un'idea di quanto tempo starà via?"

Roose ruotò in sella, il forte già non era altro che un puntino all'orizzonte. "Solo lui lo sa", disse e riportò lo sguardo dritto davanti a sé.

"Pensavo che fosse suo amico?"

"Lo è, ma Cole è un uomo indipendente. Quando si mette in testa una cosa, non c'è molto che qualcuno possa fare per allontanarlo dal suo cammino".

Burroughs grugnì, ma rimase tranquillo per il resto della giornata.

La mattina successiva del loro viaggio, mentre Roose strigliava il suo cavallo, uomo e animale che tremavano nell'aria gelida, controllò due volte i soldati che si alzavano da sotto le loro coperte. Li contò e si acciglò. Aggiustandosi le bretelle dei pantaloni,

Burroughs colse lo sguardo di Roose mentre si avvicinava: "Ne ho rimandati due al forte".

"Oh? Perché l'ha fatto?"

"Abbiamo dimenticato le gallette e la farina. Abbiamo solo un po' di grano per la colazione di stamattina".

Roose osservò la schiena larga del sergente mentre si dirigeva verso il ruscello vicino al quale si erano accampati la notte prima. Qualcosa non quadrava. Trovava difficile credere che una persona esperta come Burroughs potesse dimenticare l'essenziale. Quella sensazione di disagio che gli correva lungo la spina dorsale peggiorava.

CAPITOLO CINQUE

L'unica strada stretta e ben tracciata di Rickman City, silenziosa, tetra e addormentata, serpeggiava davanti a lui. Cole allungò la schiena e si chinò in avanti per passare una mano sul collo del suo cavallo. Stimò l'ora poco dopo le sei, facendo i calcoli in base al lento sorgere del sole che faceva capolino sulla cima delle montagne lontane a est. Si aspettava che la città cominciasse a svegliarsi a breve, che i cittadini emergessero e si dedicassero alla loro routine quotidiana. Dubitava anche che il numero sarebbe stato così grande. L'intera città aveva un senso di vuoto che gli parlava di abbandono mescolato a una buona dose di tristezza.

Stava per speronare il cavallo in avanti quando una figura attirò la sua attenzione. Un uomo, di età imprecisabile, in piedi sul portico di quella che poteva essere la sua casa. In mutande, aveva un fucile a sei colpi con la fondina stretto in vita e, in cima alla testa, un enorme cappello a corona, malconcio e macchiato di sudore. A una cinquantina di passi da Cole, i suoi occhi lo contemplavano, senza battere ciglio e diffidenti. Cole lo salutò col cappello e proseguì lungo la strada.

Dopo pochi passi, Cole decise che questo cittadino solitario poteva essere il miglior punto di partenza, così guidò piano il cavallo verso di lui. Man mano che si avvicinava, si accorse dell'età dell'uomo, il volto segnato e rubicondo, la pelle esposta sulle braccia e sul petto dura come il cuoio cotto dal sole che non perdona.

"Buongiorno", disse Cole, tirando indietro le redini a una mezza dozzina di passi da dove il vecchio stava in piedi, immobile. La sua risposta fu la più piccola inclinazione in avanti della testa dell'uomo. "Mi chiedevo se potesse indicarmi la strada per l'ufficio dello sceriffo".

L'uomo rimase immobile e alla fine inspirò a lungo respiro, girò la faccia a sinistra, raspò e sputò nel terreno di fronte al portico. "Non lo so".

"Ah. Un connestabile allora?"

"No."

"Qualche tipo di funzionario della legge?" Uno sguardo assente fu l'unica risposta. Spostando il peso sulla sella, Cole sospirò. Era chiaro che non avrebbe ottenuto nulla di significativo da questo individuo curioso e poco amichevole, così, alzando le spalle, si mosse per allontanare il cavallo.

"Rickman è l'unica legge che abbiamo mai avuto", crepitò la voce dell'uomo. "L'unica legge di cui abbiamo mai avuto bisogno".

Cole, rinfrancato da questo improvviso cambiamento, si fermò. "Rickman? Sarebbe lui che ha dato il suo nome a questa città?"

"Sì".

"Allora, dove posso trovarlo?"

"Laggiù". Un braccio sottile, quasi scheletrico, si alzò, un dito ossuto che indicava oltre la spalla di Cole verso la collina dietro di lui. Cole seguì la direzione.

"Ha una casa lassù?"

"No. È nel cimitero. Morto".

Non essendo sicuro se fosse un tentativo di umorismo o meno, Cole fece una smorfia. Stava per perdere la pazienza con questo piccolo uomo fastidioso, che era chiaramente l'idiota locale, con il cervello fuso, e senza dubbio vagava in giro in stato di stordimento durante le prime ore del mattino. "Beh, grazie per il suo aiuto".

"Potresti provare con suo figlio".

Ignorandolo, Cole si toccò la tesa del cappello, diede un calcio al fianco del cavallo e si avviò di nuovo verso la strada.

"Prima che tutti vadano via", disse il vecchio, con la voce un po' più alta del mugolio crepitante che aveva usato per le sue precedenti esternazioni.

Incuriosito, nonostante la sua irritazione che ribolliva, Cole si fermò e guardò. "Prima che vadano dove?"

"Se ne stanno andando. Come tutti gli altri".

"Va bene. È chiaro che lei prova un grande piacere a farsi tirar fuori una storia, quindi la accontenterò. Perché se ne vanno?"

La bocca dell'uomo si incrinò in un ampio sorriso senza denti. "L'argento è finito. Perché altrimenti?"

"Ah-ha, naturalmente".

La prima scintilla di interesse illuminò i lineamenti del vecchio. "Sai dell'argento?"

"Non lo sanno tutti?"

"Beh, pensavo..." I suoi occhi si strinsero. "Mi stai prendendo in giro, straniero?"

"Io prenderla in giro? Credo che lei abbia capito male, vecchio mio".

"Se mi stai prendendo in giro", batté sulla pistola nella fondina, "è meglio che tu sappia che ho servito nella guerra messicana. Ho visto morire degli uomini. Molte volte".

"Ci credo, e in mia difesa le assicuro che non la sto prendendo in giro. La maggior parte delle città fantasma da queste parti sono il risultato dell'esaurimento delle miniere, siano esse d'argento o d'oro. Questa non è ancora del tutto deserta, altrimenti non sarebbe qui, no?" Fece un cenno alla pistola. "E sono sicuro che sa maneggiarla bene come qualsiasi Jesse James o simili".

"Jesse James non è un uomo al quale mi piacerebbe unirmi".

"Be', questo le fa onore, mio buon signore ".

"Lo conosci?"

La domanda fece indietreggiare Cole, sorpreso. "Poco."

"È un suo socio?"

"Non direi proprio così. Ho incontrato molti disperati nella mia vita, incluso lui. Sono un esploratore dell'esercito, impiegato per guidare le truppe attraverso il territorio e sono attualmente alla ricerca di un individuo che è fuggito dalla postazione".

"Capisco."

"Suppongo, visto che la città sta morendo lentamente, che non ci sia nessun posto dove potrò trovare un po' di ristoro".

"Potresti provare all'hotel lungo la strada principale. Non sono ancora scappati tutti".

"Be', è gentile da parte sua". E si toccò di nuovo il cappello. "Grazie."

Si girò, consapevole degli occhi del vecchio che lo fissavano, ma decise di non voltarsi.

Cole continuò per la strada, con una strana sensazione di vuoto che gli aleggiava dentro. L'incontro con il vecchio lo aveva lasciato turbato e confuso. Niente di tutto ciò sembrava giusto. In questo luogo mortalmente tranquillo, dove nulla si muoveva, nemmeno la brezza, perché quel vecchio era lì in piedi, mezzo vestito, quasi come se stesse aspettando? Il suo modo di parlare, quel tono quasi beffardo, metteva alla prova la pazienza di Cole, spingendolo verso... verso cosa? Una reazione violenta? Quale sarebbe stata la ragione?

Mordendosì il labbro inferiore, Cole diresse il suo cavallo verso un edificio a tre piani, con l'esterno dipinto di fresco e l'insegna che dichiarava orgogliosamente che quello era il "Beacon Hotel". Legando il cavallo, prese il suo fucile a ripetizione Henry dal fodero e salì le scale fino alla porta principale.

Mosse la maniglia. La porta rimase saldamente chiusa.

Premendo il viso contro il vetro, scrutò l'interno buio. Non riuscendo a scorgere nulla se non i fantasmi delle poltrone e di una piccola reception, batté la mano guantata sulla finestra, fece un passo indietro e sbirciò al piano superiore.

Qualcosa, forse una figura che lo osservava da una delle stanze, sfrecciò fuori dalla vista. Cole alzò la voce: "Salve. Ho bisogno di una stanza per la notte..." Aspettò, ma quando non ricevette risposta, bussò ancora una volta alla porta prima di voltarsi.

Il vecchio era lì, e fece fare a Cole un piccolo sussulto. Ora indossava deipantaloni e una camicia a scacchi blu, e sembrava più presentabile. Anche gli occhi erano cambiati, più luminosi e attenti. La pistola era ora legata al suo fianco, e la mano destra pendeva libera accanto ad essa, dando l'aspetto di una preparazione quasi disinvolta.

"Cosa vuole, signore?"

Cole studiò il vecchio attraverso gli occhi stretti. "Solo un posto dove stare. Gliel'ho detto. Sono di passaggio, tutto qui, ma ho bisogno di un momento per riposare, fare un bagno, magari recuperare un po' di sonno".

"Di passaggio?"

"È quello che ho detto".

"Niente di più?"

"Potrebbe essere. Cosa le importa?"

"Sono lo sceriffo".

Cole quasi sbuffò, mascherando il suo divertimento con un colpo di tosse. Schiarendosi ancora un po' la gola, disse attraverso il pugno premuto alla bocca: "Non me l'ha detto prima".

"Non me l'ha chiesto".

"Be'... ricordo di aver chiesto se c'era uno sceriffo".

"Forse ho omesso di dirle che il nostro sceriffo è in pensione. Fino ad ora, cioè".

"Va bene, ora che so chi è lo sceriffo, forse può aiutarmi".

"Con la causa del suo viaggio?"

"Sì... Potrebbe essere che lei sia in grado di darmi l'informazione di cui ho bisogno". Sorrise, ma si bloccò quando apparvero altri due uomini, emergendo da entrambi i lati dell'hotel. Ognuno teneva un Winchester puntato infallibilmente verso di lui. "Stavo per dire che l'informazione giusta mi avrebbe rimesso sulla mia strada, ma vedo che avete altri piani".

"Proprio così", disse il vecchio, avvicinandosi. "Le sequestrerò le armi, se non le dispiace".

La frase fu scandita dalle leve del Winchester che azionavano un nuovo colpo nelle brecce. Con poca scelta, Cole alzò lentamente le braccia e il vecchio prese prima l'Henry, seguito dalla Colt Cavalry. Estrasse il revolver senza problemi dalla fondina angolata verso l'interno all'anca sinistra di Cole.

A un segnale del vecchio sceriffo, uno degli uomini armati si avvicinò e prese le armi di Cole. "Ora", disse il vecchio sceriffo, "forse potresti dirmi qual è esattamente questa informazione".

"Credo proprio che lo terrò per me..." Cole sorrise di nuovo. "Se non *ti* dispiace".

Annuendo, lo sceriffo guardò l'uomo molto più giovane e più alto che teneva le armi di Cole. Grugnì: "È un vero peccato", poi sferrò il pugno destro contro la faccia di Cole, mandando l'esploratore dell'esercito all'indietro. Sbilanciato, inciampò contro i gradini dell'hotel e cadde sul sedere, ansimando.

Non ci volle più di un battito di ciglia per riprendersi, il colpo non era poi così potente. Fu la sorpresa a stordirlo. Ora, con la nebbia rossa che gli cadeva sugli occhi, cominciò a rimettersi in piedi, con i pugni serrati. Uno degli uomini armati si fece avanti per bloccare la sua avanzata. Scivolando sotto il suo braccio teso, Cole fece atterrare il suo pugno nelle budella dell'uomo, piegandolo come un coltellino. Il secondo uomo armato, tuttavia, diede a Cole più rispetto e usò il Winchester per colpirloal torace. Un respiro gli eruttò dal profondo mentre Cole si lanciava in avanti. Un feroce calcio verso l'alto mise fine a ogni speranza di resistenza e cadde di nuovo, ma questa volta, con la testa che vorticava, non fece alcuno sforzo per rialzarsi. Non riusciva.

Vagamente consapevole delle mani ruvide che lo sollevavano sotto le ascelle, Cole pendeva impotente nella loro presa. Da qualche parte si aprì una porta e l'odore ammuffito e denso della paglia bagnata gli colpì la gola. Un brutale, sprezzante spintone e lui crollò tra un mucchio di roba, troppo stordito per muoversi. La porta si richiuse e lui rimase sdraiato lì, nella penombra e lasciò che l'oscurità lo avvolgesse.

Non sapeva per quanto tempo era rimasto incosciente. Quando i sensi gli tornarono, raccolse abbastanza forza per sorreggersi con i palmi delle mani, scosse la testa per liberarla dalla poltiglia mascherata da cervello e si guardò intorno.

Il fienile era grande, senza aria, con finestre sbarrate ed enormi porte doppie che permettevano solo fessure di luce per dare un po' di sollievo dall'oscurità. Era chiaramente inutilizzata da tempo e i resti di sudore di cavallo stantio e di paglia in decomposizione pendevano pesanti nell'atmosfera.

Si trovava in una stalla, le alte pareti nascondevano gran parte di ciò che lo circondava. Rimettendosi in piedi, controllò istintivamente la fondina e gemette quando la scoprì vuota. Gli venne da sobbalzare quando ricordò quello che era successo, come la sua stupidità gli aveva fatto credere che il vecchio sceriffo non fosse l'individuo senza scrupoli che alla fine si era rivelato essere. Si strofinò con cautela il mento gonfio e giurò che non avrebbe mai più sottovalutato nessun vecchio.

Appoggiandosi alla parte superiore del muro più vicino che lo separava dalla stalla adiacente, intravide una figura, rannicchiata contro il lato opposto. Un uomo, sveglio, con gli occhi che lampeggiavano bianchi nell'oscurità, rivolgendogli uno sguardo braccato. Forse anche lui aveva affrontato la morte, era sopravvissuto, ma sapeva che presto sarebbero tornati.

Dopo alcuni respiri profondi, Cole uscì dalla stalla e osservò più da vicino l'ambiente circostante, prestando particolare attenzione alle doppie porte. Gli sembrò di sentire dei rumori dall'esterno, ma prima che potesse spostarsi e cercare di capire chi stesse parlando, l'uomo dagli occhi selvaggi disse qualcosa.

"Non sei dell'esercito".

Accigliato, Cole si avvicinò e lo scrutò attentamente. Nonostante l'oscurità, riuscì a cogliere i dettagli. Anche se la camicia dell'uomo era sporca, inzuppata di sudore e sangue, la riconobbe come quella standard della cavalleria. Le strisce gialle che correvano lungo il lato dei pantaloni lo confermavano. "Ma tu lo sei, invece".

"È vero". Cambiò posizione e si mise a sedere con la schiena contro il muro. "Sono venuto qui in cerca di aiuto e ho ricevuto in risposta diverse costole rotte per il mio disturbo. Cos'è che hai fatto tu?"

"Per quanto ne so, ho solo fatto le domande sbagliate". Cole si mise in ginocchio e scrutò l'uomo dalla testa ai piedi. Era certamente in cattive condizioni ed era chiaro che aveva molto di più di qualche costola rotta. I denti, il naso e l'orbita dell'occhio lo sembravano. "Mi chiamo Cole. Sono un esploratore dell'esercito, sulle tracce di un gruppo di disertori in fuga. Sono venuto qui per cercare un soldato di cavalleria fuggito di nome Parrot".

L'espressione dell'uomo rimase impassibile mentre la sua bocca si incrinò in qualcosa di simile a un sorriso. "Sembra che tu l'abbia trovato".

Cole annuì, aspettandoselo. "Perché ti hanno fanno questo?"

"Burroughs mi vuole morto".

"Burroughs?" Lui scosse la testa. "Vuoi dire il sergente Burroughs?"

"Proprio così. È venuto a trovarmi una o due volte, una volta quando ero con il dottore per controllare, così ha detto, che non fossi troppo ferito. Più tardi è venuto nella baracca, e ha ordinato a tutti di uscire prima di interrogarmi".

"Interrogarti? Che strano".

"Non proprio, visto chi sono io e chi è lui".

Annuendo, Cole considerò la storia dell'uomo fino a quel momento. "Avrei dovuto immaginarlo, che c'era dentro fino al collo. Il sergente Burroughs è il viscido stronzo che mi ha messo sulle tue tracce".

"Sembra proprio di sì. Ha molto da nascondere, signore. Troppo per lasciare in vita chiunque possa aver avuto notizia di quello che ha fatto".

"Rubare i cavalli dell'esercito".

"Organizzare il loro furto, sì. Ero il suo uomo all'interno, quello che si assicurava che i freni del motore fossero ben accesi quando quella feccia assassina veniva verso di noi. Burroughs non ha mai fatto cenno a nulla di tutto ciò".

"Quindi è per questo che ti hanno lasciato vivere,

perché è chiaro che eri d'accordo con Burroughs fin dall'inizio?" Parrot annuì e subito trasalì. "Allora perché ti hanno fatto questo?"

"Ho sentito che stava per fare il doppio gioco, così ho preso i suoi soldi e sono scappato".

"I suoi soldi?"

"Questa non è la prima serie di cavalli che vende ai messicani, anche se questi sono i primi cavalli dell'esercito. Lo fa da anni e ha accumulato una bella somma. Be'...", ridacchiò Parrot, "la maggior parte ora ce l'ho io. Stavo per fare un accordo con lui, ma quando mi sono presentato qui quel misero sceriffo mi ha fatto picchiare quasi a morte dai suoi ragazzi. Sembra che Burroughs avesse previsto ogni eventualità".

"Questo era un posto sicuro per te?"

"Per tutti noi. Non sono stato l'unico a partecipare a questo colpo. Rickman City è la città di Burroughs, signore. Ma sta morendo. I tempi stanno cambiando, e Burroughs sta riducendo le perdite. Compreso me. Ma non mi permetterà di morire finché non saprà dove ho messo i soldi. Non credo di poterti garantire una sospensione dell'esecuzione, però". Di nuovo, la risatina.

"È molto bello da parte tua, Parrot".

"Ah, non prenderla sul personale. Non so nemmeno chi o cosa tu sia, né voglio saperlo. Dici che sei venuto a cercarmi, a riprendermi? Be', al diavolo. Non vado da nessuna parte se non lontano da qui. Farò il mio accordo e Burroughs potrà riavere i suoi soldi. Tu, invece, sei un uomo morto, dopo che ti avranno estorto qualsiasi informazione".

"C'è qualcosa che dovresti sapere di me, che quando intendo fare qualcosa, la faccio. Non importa che cosa."

"Tu sei pieno di te, signore. Cosa farai chiuso qui dentro, senza possibilità di uscire? Scomparire come uno di quei maghi?"

"Sono successe cose ben più strane".

"La cosa più strana è quello che ti faranno quando torneranno. Quello sceriffo è cattivo come un serpente a sonagli. Burroughs non ti lascerà vivere, e farà in modo che tu soffra prima di esalare l'ultimo respiro. Immagino che quello in cui mi hai trovato non sia stato il tuo giorno più fortunato".

Cole girò sui tacchi e scrutò verso le doppie porte. "Quanto pensi che ci metteranno?"

"Lo sa il Signore. Lo sceriffo probabilmente sta aspettando istruzioni o si sta godendo la sua cena prima di tornare a finirti. Essendo tu uno scout e tutto il resto, vorranno tagliarti a pezzettini e darti in pasto ai maiali, così non ci saranno prove. Forse me ne daranno una parte per la mia cena".

Cole alzò gli occhi stretti sul miserabile ometto mentre ridacchiava maniacalmente della sua stessa arguzia. Senza una parola, Cole batté il pugno nella bocca di Parrot, frantumando i pochi denti che gli erano rimasti, facendolo cadere all'indietro sulla paglia dove si contorceva e si lamentava come un bambino.

Alzandosi, Cole tornò alla sua stalla originale e si sdraiò, con gli occhi fissi sulle doppie porte. Non sapeva quanto tempo avrebbe dovuto aspettare ma, da quello che aveva detto Parrot, sarebbero tornati presto. Così si sedette contro la parete della stalla, trovò il pezzo di paglia più secco che poteva e lo masticò.

CAPITOLO SEI

Andarono dritti verso l'ufficio del vecchio sceriffo. Per la cavalcata forsennata, erano inzuppati di sudore e coperti dalla dura polvere dell'aperta pianura, polvere che aveva quasi fatto diventare grigie le loro uniformi blu dell'esercito. Non importava. Non avevano tempo per nient'altro che quello che Burroughs aveva detto loro di fare.

"Cole è diretto a Rickman City", aveva detto loro Burroughs quella prima mattina presto, prima che qualcuno di loro avesse mangiato anche solo un boccone di colazione.

"Perché l'avrebbe fatto?" chiese Buller, uno dei due soldati che Burroughs aveva allontanato dal resto della truppa.

"È sveglio", disse Burroughs tra i denti, controllando sempre il campo per vedere se qualcuno si muoveva. "Ha fatto due più due e ha trovato la risposta giusta".

"Cosa?"

Burroughs aveva rivolto il suo sguardo velenoso verso il secondo soldato. "Fai come ti dico, Ashton. Vai a Rickman City e assicurati che Cole non abbia parlato con Parrot".

"Se l'ha fatto?"

"Lo uccidi e ti sbarazzi del corpo".

"E se non l'ha fatto?"

La faccia di Burroughs si era spaccata in un ampio sorriso. "Lo uccidi comunque".

E così, eccoli qui. Rickman City. All'esterno dell'ufficio dello sceriffo, fermarono i cavalli e scesero dalle selle.

"Proprio un bel posticino", sputò Ashton, considerando gli edifici fatiscenti che correvano lungo entrambi i lati della strada principale.

"Sembra che anche i topi siano scappati", aggiunse Buller, legando le redini al palo dell'autostop. Mentre saliva i gradini che portavano all'ufficio, la porta si aprì cigolando e ne uscì un vecchio appassito, con il sigaro stretto in bocca tra le labbra blu, vestito con abiti logori e un cinturone legato intorno alla vita scheletrica. Inclinò la testa e si acciglò.

"Buongiorno, sceriffo", disse Buller, scuotendo la testa mentre i suoi occhi vagavano sul vecchietto in piedi davanti a lui. "Sembra che tu abbia avuto una notte difficile".

"Vita dura, più che altro", aggiunse Ashton e ridacchiò.

"Cos'è che volete, ragazzi?"

"Questo sì che è un caldo benvenuto", disse Buller. Si mosse per mettere uno stivale sul primo gradino.

"Aspetta", disse il vecchio sceriffo, estraendo la sua pistola e ritirando il cane in un unico movimento sorprendentemente fluido.

"Ehi", sbottò Ashton, "se ci punti una pistola, vecchio mio, è meglio che tu sia pronto a usarla".

"Oh, sono più che preparato, ragazzo. Ora, frena i bollenti spiriti e dimmi chi sei e cosa vuoi nella mia città".

"*La tua* città?" Buller rise e lanciò uno sguardo verso il suo compagno. "Hai sentito? Questa è la sua città".

"E io che pensavo che si chiamasse Rickman City per via di un certo signor Rickman".

"Rickman è morto", disse lo sceriffo. "Suo figlio se ne sta andando. Questo significa che questa città è mia".

"Credo che il nostro sergente avrebbe molto da dire al riguardo", disse Buller, girando il viso verso il vecchio. "Il sergente Burroughs".

All'istante, il volto dello sceriffo impallidì e per un momento sembrò che potesse svenire. La mano che teneva la pistola tremò in modo allarmante, ma quando Buller tentò di nuovo di salire i gradini, il vecchio si riprese, gli occhi stretti, la bocca che stringeva più forte il sigaro e la pistola, ora nella sua presa salda come una roccia, si sollevò. "Penso che io e il tuo sergente potremmo avere qualche disaccordo su questo".

"È così", borbottò Ashton. La sua mano scese al suo fianco, vicino alla sua Colt.

"Da quando ha mandato qui quell'imbecille di Parrot, le cose sono un pò cambiate. Quello che mi ha detto quel giovane soldato mi ha fatto pensare. Pensare che avrei potuto aiutarmi con quello che Burroughs ha accumulato per sé stesso".

"Accumulato?" Buller scosse la testa, accigliandosi. "Vecchio mio, non credo che tu sappia con chi hai a che fare".

"Oh, lo so bene, ragazzo. Ora frenati un po', come ti ho già detto, prima che ti tappi la bocca".

"Tapparci la bocca?" Ashton alzò la testa e ridacchiò.

"Lei parla molto bene per essere una prugna secca, sceriffo", disse Buller. "Meglio che lei metta giù la tua pistola prima che gliela la ficchi dove non batte il sole".

"E ci mostri dov'è Cole", aggiunse Ashton, con la risata ora sparita dalla sua voce.

"Cole? Intendi quell'esploratore che è venuto qui a fare domande?".

"Credo proprio di sì".

"Ce l'ho nella stalla, con Parrot. Lo raggiungerete

presto se farete la cosa più saggia, ragazzi". Sorrise. "Gettate quelle cinture".

Fu Buller, sorprendentemente, a muoversi per primo, con la mano che afferrava la Colt nella fondina del fianco. Era riuscito a liberare la fondina a circa metà strada quando il primo colpo dello sceriffo lo colpì in pieno petto, il proiettile di grosso calibro gettò il soldato all'indietro, fuori dai piedi. Strillando, Ashton andò a prendere la sua pistola, ma non arrivò nemmeno vicino all'amico prima che due proiettili lo colpissero, il primo alla gola, il secondo al petto e lui si girò grottescamente sui talloni e cadde nella terra, morto.

Con calma, il vecchio sceriffo scese i gradini sgangherati, con la Colt fumante in mano. Toccò il corpo di Ashton prima di spostarsi verso il punto in cui Buller giaceva sulla schiena, con gli occhi fissi al cielo, il sangue schizzato sul davanti dell'uniforme. Lo sceriffo era in piedi sopra di lui, con i piedi piantati ai lati del corpo colpito di Buller. "Non sei tagliato per questo tipo di lavoro, ragazzo", disse.

Con la testa che rotolava da un lato all'altro, il sangue che colava dalle labbra già bianche, la voce di Buller si sforzava di parlare. "Stavo solo facendo quello che mi è stato detto. Ti prego, ti prego, non uccidermi".

"Ragazzo, stai già morendo". Lo sceriffo scosse la testa. "Quel Burroughs manda dei bambini a fare quello che avrebbe dovuto fare lui stesso". Aprì il cilindro della sua pistola ed espulse le cartucce usate. Le rimise a posto, con le mani ferme, il suo shock iniziale nel sentire il nome di Burroughs sostituito da una snervante determinazione. Ruotò il cilindro e lasciò cadere la Colt nella fondina. Gemendo per lo sforzo di chinarsi, liberò il soldato morente dalla sua pistola. Alzandosi di nuovo, chiuse gli occhi e fece una smorfia mentre si stringeva una mano nella parte bassa della schiena. "Queste vecchie ossa stanno diventando sempre più inutili ogni giorno che passa".

"Per favore..."

Lo sceriffo guardò di nuovo i lineamenti straziati dal dolore del giovane soldato. "Mi dispiace per te, ragazzo, che hai fatto tutta questa strada per morire in questo modo, quindi ti dico cosa farò. Ti farò un bel posto sulla collina del cimitero, con una bella vista sulle montagne lontane. Che ne dici?"

"Che ne dici di andare a marcire, vecchio? Marcisci all'inferno".

"Ragazzo, l'unico che va laggiù sei tu". Sorrise. "Mi chiamo Clifton Spelling, per tua informazione. Ho cavalcato con gli Youngers dopo la guerra e ho fatto un sacco di cose brutte, ma ucciderti è stata una delle mie decisioni migliori". Buller scoppiò in un attacco di tosse dolorosa. Lo sceriffo Spelling schioccò la lingua, scosse la testa e si voltò.

"Per favore", disse Buller, con la voce sempre più debole, "per favore aiutami... ti supplico..."

Ma Spelling non stava più ascoltando. Aveva altre cose che gli occupavano la mente ora, e si diresse verso il granaio per il suo prossimo incontro con Reuben Cole.

CAPITOLO SETTE

Toccandosi la mascella dove il Winchester l'aveva colpito, Cole si chinò in avanti, tirò su il fondo dei suoi spessi pantaloni irrigiditi dal sudore e tirò fuori la Wells Fargo Colt nella fondina alla caviglia. Controllò il carico e si sedette di nuovo contro il muro della stalla. Alla sua destra sentì Parrot strisciare nella paglia, gemendo mentre lo faceva. "Hai un gran bel destro", disse il giovane soldato, "saresti potuto essere un pugile professionista".

"L'unico lavoro che ho è per l'esercito", fu la risposta neutrale di Cole. "Sono qui per fare quel lavoro e trovare chi è scappato con quei cavalli. Chi è il responsabile? Sembra che io abbia risolto quella parte, ora tutto quello che devo fare è capire dove sono finiti i cavalli".

"Be', questa è una cosa che solo Burroughs sa".

Cole girò la testa e guardò Parrot che si arrampicava dolorosamente in piedi, allungando la schiena, tastandosi il viso con le dita tremanti. "Forse potresti indicarmi la direzione?"

Ridacchiando, Parrot si mosse in avanti, il suo respiro sibilante. Uscì completamente dalla stalla. "Credo che quei messicani che hanno attaccato il treno mi avrebbero ucciso se fossi rimasto nei paraggi. Non volevo correre questo rischio".

"Messicani?"

"La maggior parte di loro, da quello che ho potuto vedere. Ma, come ho detto, non avevo intenzione di aspettare e scambiare le presentazioni". Scosse la testa, tamponandosi l'angolo della bocca e studiandosi la punta delle dita. "Sei sicuro di non essere un pugile professionista?"

"Arrabbiato, quello sono. Cosa sai di Rickman?"

"Niente. A parte il fatto che è morto".

"E lo sceriffo?"

"Beh, tra un attacco e l'altro di calci fino alla morte, mi ha detto che si chiama Clifton Spelling. Le dice qualcosa? Sembrava essere molto orgoglioso di dirmelo".

Scuotendo la testa, Cole pensò intensamente, riportando la mente indietro mentre guardava di nuovo le porte del fienile. "L'unica persona che ricordo con quel nome era uno della banda Younger. Ebbe una discussione con Jesse James, e quasi perse la vita. Scomparve non molto tempo dopo. Si dice che avesse qualche legame con una banda di rapinatori di treni a cui i Pinkerton davano la caccia. Forse..." Le sue parole scomparvero nell'aria della stalla senz'aria.

"Forse è per questo che Burroughs lo ha scelto". Parrot si avvicinò di più. "Forse era lui che si occupava di rubare quei cavalli".

"Potrebbe essere".

"Non è un messicano, però".

"Sì, ed è vecchio. Non ce lo vedo a lanciarsi in una battaglia a cavallo come faceva con Anderson e la sua banda".

"Bloody Bill Anderson? L'ho già sentito nominare. Pensi che abbia cavalcato con lui?".

"Potrebbe essere. Ma ormai ha superato da tempo tutto questo. Penso che doveva essere vecchio anche durante la guerra... A meno che, naturalmente, non sia malato. Di qualcosa di letale".

"Letale? Oh no", squittì Parrot, facendo un passo indietro, spazzolandosi freneticamente i vestiti. "Ehi, non credi che se mi ha preso a calci in quel modo, potrebbe voler dire che lo prenderò anch'io?".

Cole fece un lungo sospiro. "Torna nella tua stalla". Diede a Parrot una lunga occhiata. "Parleremo ancora un più tardi".

Respirando a fatica, Parrot smise di agitare le braccia e rimase a bocca aperta. "*Dopo*? Signore, non ne usciremo..." Ficcò un dito verso la pistola smontata che Cole aveva in mano. "Pensi di poterli fermare con quell'aggeggio?"

"Questa piccola cosa ti farebbe un buco così profondo che non ti alzeresti più, amico. Ora torna nella tua stalla prima che..."

La porta del fienile si aprì con un forte stridore dei suoi cardini vecchi, la luce entrò e rivelò la polvere di paglia sospesa nell'aria.

Lo sceriffo Spelling stava lì, la Colt sembrava grande nella sua mano avvizzita. Ridacchiò, un suono che mandò un brivido nelle ossa di Cole. "Hai trovato i tuoi piedi, eh ragazzo?"

Con l'attenzione concentrata su Parrot che stava tremando al centro del fienile, Spelling non vide Cole, né la Wells Fargo che ora era infallibilmente puntata su di lui. Solo quando il martello tornò indietro con uno scatto, lanciò uno sguardo incredulo nella direzione del ricognitore dell'esercito.

"Ti chiederò di abbassare la pistola, Spelling".

"Come hai..." Si fermò, stordito da quella svolta. Ma solo per un momento. Riprendendosi, ridacchiò di nuovo. "Bene, bene, sembra che tu abbia la meglio su di me, ragazzo. Avrei dovuto chiedere ai miei uomini di perquisirti prima di gettarti qui dentro".

"Per mia fortuna non l'hanno fatto".

"La fortuna non c'entra molto, ragazzo. Solo il desiderio".

"Dovresti saperlo, cavalcando con i giovani".

Un cenno della testa rugosa e poi Spelling si voltò, accovacciandosi in basso, la pistola che si avvicinava.

Un solo colpo risuonò e Parrot, gettandosi a terra, con le mani strette sulle orecchie, urlò.

CAPITOLO OTTO

Un sentiero tortuoso raggiungeva la casa, un imponente edificio a pannelli bianchi di due piani con pilastri ornamentali che sostenevano il tetto a veranda. Ampi gradini, orlati da balaustre bianche, conducevano alla porta principale posta sulla destra, con ampie finestre panoramiche accanto. Nel tetto di ardesia nera c'erano tre abbaini. Due grandi stalle erano adiacenti all'edificio principale, un'area recintata nelle vicinanze in cui tre cavalli stavano pigramente fissando i visitatori che si avvicinavano.

A parte gli animali, il posto sembrava deserto.

Cole fece fermare il suo cavallo e guardò Parrot con aria interrogativa. Dietro il giovane soldato, con le mani strettamente legate, c'era Spelling, la ferita alla spalla destra che trasudava sangue. "È questo il posto, vero?"

Parrot scrollò le spalle. "Credo di sì, ma non sono mai stato qui prima, signor Cole".

Notando l'uso di questo nuovo appellativo, Cole grugnì con una certa soddisfazione prima di voltarsi a studiare le finestre dell'imponente edificio davanti a lui. "Vado a dare un'occhiata sul retro. Nel frattempo, tu vai fino al portico anteriore, smonta e bussa alla porta".

"E se non vengono fuori?"

"Grida più forte che puoi, per attirare la loro attenzione".

"*E* se escono?"

"Sorridi e dici "Salve gente". Non è difficile".

Lasciando Parrot a masticare quelle parole, Cole fece girare il cavallo e si diresse verso i granai, tenendo gli occhi ben puntati sulla casa. Al primo recinto scese dalla sella e legò le redini attorno al palo del cancello. Appoggiando i gomiti sulla parte superiore del recinto, studiò i tre cavalli all'interno. Gli lanciarono un'occhiata sprezzante.

Non si muoveva un alito di vento, il silenzio cadeva senza preavviso, tagliando fuori tutto, lasciando la zona senz'anima, desolata. All'erta, Cole si raddrizzò e sentì il freddo insinuarglisi nella schiena. Era una sensazione inquietante, innaturale, perché sopra di lui il sole emanava calore, un calore così intenso che cuoceva il ferro della terra e rendeva l'aria densa come una zuppa fumante. Accigliato, scrutò la casa silenziosa. Una singola perla di sudore gli scese dalla fronte e gli punse l'occhio destro, costringendolo a sbattere le palpebre, poi trasalì. Mentre si girava, qualcosa si mosse dietro di lui. Un suono stridente. Reagì istintivamente, girandosi di scatto verso il basso, con la mano veloce verso la pistola, estraendola a pancia in su dalla fondina, con un movimento confuso.

Un piccolo cane bianco e nero sfrecciò attraverso il recinto e si infilò nella porta aperta della stalla più vicina, con la coda tra le gambe, piagnucolando pateticamente come se si aspettasse che Cole sparasse.

L'esploratore rimase così com'era, con i sensi tesi a individuare qualsiasi altra cosa che potesse muoversi o emettere un suono. Stringendo gli occhi, fece del suo meglio per discernere qualsiasi forma in agguato nell'oscurità del fienile, ma era impossibile e del cane non c'era più traccia.

Gradualmente si permise di rilassarsi, ma tenne la pistola in mano. Si voltò e considerò ancora una volta la casa. Il lato rivolto verso di lui era rivestito di quello che sembrava piombo, facendolo apparire ancora più inospitale dell'atmosfera circostante. In alto, vicino al tetto, un'unica finestra punteggiava il grigiore uniforme. Attirò tutta la sua attenzione e più guardava e più si rendeva conto che qualcuno era lì, a studiarlo.

Una donna, con i capelli scuri, con addosso un vestito bianco.

Cole fece un passo avanti e lei rispose ritirandosi nell'oscurità.

La voce di Parrot tagliò la quiete, spezzando la tensione: "Ehi, lì dentro, va tutto bene?

Qualunque cosa stesse succedendo, Cole sapeva che tutto era ben lungi dall'essere a posto. Dando rapidamente un'altra occhiata al fienile, mise la pistola nella fondina e si diresse verso i gradini che portavano alla porta d'ingresso della casa. Parrot scrollò le spalle quando l'esploratore gli arrivò accanto. "Non c'è nessuno in casa, signor Cole".

"Oh, sì che c'è", disse Cole e scosse la maniglia della porta. La porta rimase saldamente chiusa. Facendo un passo indietro, sospirò e fece scattare il piede contro la serratura. La sfondò tre volte prima che si aprisse, schiantandosi all'indietro, con il suono che riverberava all'interno come se fosse una caverna. Nulla si mosse.

Estraendo la pistola, Cole si portò un dito alle labbra e fece cenno a Parrot di entrare.

Parrot arricciò la bocca, considerando le sue opzioni, e fece un'alzata di spalle sconsolata prima di attraversare la soglia.

Cole si avvicinò a lui e aspettò che i suoi occhi si abituassero all'oscurità.

Ma all'odore, non ci si sarebbe abituato.

L'aroma pungente della morte gli invase le narici.

Parrot aveva già i conati di vomito, piegato su se stesso, con la mano stretta al naso e alla bocca. "In nome di Giobbe, cos'è questo fetore?".

Strappandosi il fazzoletto da collo, Cole se lo premette sul viso. "Decomposizione, ecco cos'è".

"Decomposizione? E quando arriva?"

"Con la morte. Stammi vicino".

Cole avanzò, con gli occhi che perlustravano sempre ogni angolo, ogni dettaglio. Ormai riusciva a distinguere tutto, come i mobili, gli armadi delle librerie, un camino vuoto. Una volta questa doveva essere stata una casa elegante e confortevole, decorata con ornamenti costosi e, alle pareti, quadri di paesaggi e ritratti. Una storia di famiglia. Ma dove fosse ora quella famiglia, riusciva a malapena a indovinarlo.

Trovando una grande lampada a olio su un tavolo, accese un fiammifero e poi la lampada. Il globo prese vita mentre girava la ruota per controllare l'intensità della luce. Sibilò in modo rassicurante; il primo segno che la vita continuava in quel luogo altrimenti vuoto. Passò la lampada a Parrot. "Prendila e tienila in alto, così non sbattiamo contro qualcosa".

Parrot fece come gli era stato ordinato e spostò lentamente la lampada di lato, esponendo altri mobili e una porta adiacente ai piedi delle ampie scale. "Saliamo?"

"Controlla prima quella stanza".

Parrot gemette. "Credo che sia lì dentro", disse, la sua voce crepitante sotto la mano che ancora si premeva sul naso.

"Potrebbe essere". Cole chiuse gli occhi, fece un passo più vicino alla porta e annusò. La bile gli salì istantaneamente in gola e si scostò, conati di vomito. "Hai ragione. È lì dentro", ansimò.

"Anch'io sento qualcosa" sussurrò Parrot, con la voce che ora tremava. Tutto il suo corpo prese a tremare, costringendo la lampada che teneva in mano a proiettare figure danzanti sulle pareti.

"Apri".

"*Cosa?* Sei fuori di testa?" Parrot si allontanò. "Io non... *non posso,* signor Cole. Non posso e basta".

Soffiando un respiro, Cole, esasperato, superò Parrot e spinse la porta.

Il fetore li colpì come una mazza, spingendo entrambi gli uomini all'indietro, barcollando, balbettando e rettificando. Uno sciame nero di mosche grasse ronzava intorno alle loro teste, costringendoli a scuotere e picchiare con mani che riuscivano a malapena a muoversi, tanto erano rigidi entrambi dal disgusto.

Al centro della piccola stanza senza aria, accasciato su una grande poltrona, c'era il corpo di un uomo, gli occhi che fissavano senza vedere da un volto grigio-azzurro, la bocca aperta, il sangue rappreso come scie nere di lumache che scorrevano dagli angoli, e un buco nel petto pieno di vermi che si contorcevano. Grandi gruppi di mosche volavano intorno al cadavere e il fetore della carne in decomposizione era opprimente.

Parrot si allontanò e vomitò. Cole, reagendo rapidamente, mise in fondina la sua pistola e prese la lampada a olio prima che scivolasse dalla presa del giovane soldato.

"Ah, buon Dio", riuscì Parrot, brancolando verso le scale dove crollò sulla pedata inferiore e si sedette lì, ansimando, scuotendo la testa come se stesse negando i suoi sensi. "Chi *è* quello?"

Cole fece per parlare, ma prima che potesse pronunciare una parola, lo scricchiolio delle assi del pavimento dalla cima della scala lo interruppe. Facendo oscillare la lampada a olio verso la direzione del rumore, emise un piccolo grido di sorpresa quando una figura venne messa a fuoco.

La figura della donna che aveva visto osservarlo dalla finestra.

"È mio marito", disse, la sua voce bassa, bordata di rabbia appena contenuta, "Lionel Rickman". E mentre scendeva lentamente le scale, il fucile tra le sue braccia si fece più evidente.

CAPITOLO NOVE

Erano in piedi sulla veranda, Parrot contro la balaustra che cercava aria, Cole accanto a lui con il fucile della donna saldamente puntato alla schiena.

"Chi è quello?"

Cole allungò il collo per guardarla. Qui fuori, alla luce del giorno, poteva vedere il suo viso molto più chiaramente, ed era una donna di una bellezza sbalorditiva. Tra i suoi lineamenti perfetti, tuttavia, c'era uno sguardo di dolore pesante e struggente. Labbra carnose e pallide, occhi di un azzurro sorprendente, cerchiati di rosso, e guance infossate. Girò lo sguardo verso il cavallo di Parrot, e sul vecchio sceriffo imbracato sulla schiena dell'animale. "È Spelling".

Sibilò. Cole spostò la testa verso di lei e per un momento pensò che potesse crollare. Sebbene fosse già di un bianco spettrale, il suo viso sembrò svuotarsi di tutto il sangue rimasto, e barcollò all'indietro, con le membra che perdevano forza. Muovendosi rapidamente, Cole allontanò il fucile e la prese per la vita prima che crollasse. Lei gemette, lottando nella presa, ma fu inutile, e si arrese, permettendogli di portarla verso una panchina ornamentale in ferro battuto che si trovava contro il muro. La fece sedere e fece un passo indietro, sollevando il fucile tra le mani. "Lee-Enfield della guerra civile. Sa come usarlo, signora?"

Le ci vollero alcuni momenti per trovare le parole, il suo respiro era affannato. Guardò in lontananza, con le lacrime che le scendevano incontrollate sulle guance. "Non è carico".

Sbattendo le palpebre per la sorpresa, Cole controllò l'arma e scoprì che aveva detto la verità. Con attenzione, appoggiò il fucile alla balaustra. Mentre lo faceva, Spelling mostrò i primi segni di vita da quando Cole gli aveva sparato in città e lo aveva portato come un prigionierosul cavallo di Parrot. "È una pazza", gracchiò, "e ci ucciderà tutti se glielo permetti".

"Chiudi il becco prima che ti finisca per sempre", scattò Cole e poi si rivolse di nuovo alla donna. "Signora Rickman, chi ha ucciso suo marito?"

Il suo viso si alzò, gli occhi spalancati, la bocca ora tremante. "Lui."

"Dimmi perché non sono sorpreso di sentirlo", disse Cole e guardò il vecchio sceriffo.

"È stato Burroughs a dare l'ordine, come ben sai".

La signora Rickman si alzò in piedi, con i pugni serrati. "Sei un bugiardo! Sei stato tu, e solo tu, a volerti appropriare dei soldi che pensavi avessimo".

Spelling, sforzando il collo per sollevare la testa, gemette: "Sei tu che stai mentendo".

"Arriverò alla verità", disse Cole, "in un modo o nell'altro".

Spelling starnazzò e lottò contro le corde che lo legavano al cavallo di Parrot. Cole scese i gradini e, dal suo cavallo, mise mano a una bisaccia per trovare un grosso coltello Bowie a lama pesante.

Contorcendosi contro le corde, Spelling lo fissava con gli occhi così grandi che minacciavano di uscirgli dalla faccia. "Ah, cosa vuoi fare con quello?"

Cole sentì la paura nella voce del vecchio, e la cosa

gli fece molto piacere. Tuttavia, prima che potesse fare qualcosa, qualcosa in lontananza attirò la sua attenzione ed egli guardò la prateria dalla direzione da cui era venuto e vide della polvere. Bestemmiando, usò il coltello per tagliare le corde del vecchio. Spelling strillò e cadde a terra come un peso morto. Contorcendosi, scalciava e sputava. Ignorandolo, Cole tirò fuori l'Henry dal fodero appeso alla sella. "Ha dei proiettili per quel fucile, signora?"

Impassibile, scosse la testa.

"Va bene", disse Cole. "Parrot, porta questo pezzo di merda in casa. Abbiamo compagnia".

"Compagnia?" Parrot alzò di scatto la testa. "Chi è?"

"Sono i miei ragazzi", disse Spelling, la risata che lo scuoteva suonava fragile e pericolosa, "e stanno venendo qui per uccidervi - *tutti*!"

Cole puntellò la porta rotta con uno dei pesanti armadi di legno dei Rickman, poi porse a Parrot la pistola di cui aveva precedentemente liberato Spelling.

"Ha un po' di fiducia, allora, signor Cole?"

"È necessario, figliolo. Quegli uomini che stanno venendo qui faranno del loro meglio per ucciderci, non fare errori. Se vuoi usare quella pistola contro di me, ti consiglio di tentare la fortuna dopo che i nostri nuovi ospiti saranno stati sistemati".

Parrot sorrise. "Ospiti? Li ha invitati lei, signor Cole?"

"No, ma lo ha fatto lui". Indicò Spelling rannicchiato nell'angolo, a testa bassa, piagnucolando. Accanto a lui, seduta su una sedia da pranzo dallo schienale alto, la signora Rickman che cullava il fucile, guardandolo come un falco. Cole andò da lei e le prese delicatamente il fucile dalle mani, sostituendolo con il Wells Fargo. "Questo le servirà di più, signora".

La testa di lei si alzò e sostenne il suo sguardo. Non c'era malizia, solo una tranquilla accettazione della situazione. "Come fa a sapere che non le sparerò?"

"Non lo so, ma le chiederei di non farlo, non finché non avrò capito cosa è successo veramente qui".

"Se quegli uomini irrompono qui, il mio primo proiettile gli attraverserà la testa".

Grugnendo, Cole annuì ma lasciò in sospeso qualsiasi altro commento. Pensò invece alla loro situazione contingente. "Avete un'entrata posteriore?"

Lei fece un gesto verso l'altra porta alla destra di Cole.

"Cosa c'è lì dentro?"

"La sala da pranzo, con la cucina". Respirò in modo fragile. "Non sono stata più in grado di entrare nel salotto, non da quando..."

"Va tutto bene", disse Cole. Qualcosa lo spinse a metterle una mano sul braccio. I suoi occhi lampeggiarono per un momento ma poi, quasi immediatamente, si ammorbidirono. Lei non spostò il braccio. "Quando tutto questo sarà finito, gli daremo una degna sepoltura". Lei non disse nulla. Controllò che la Henry fosse carica e si diresse verso la porta della sala da pranzo. La aprì con facilità. "Cercheranno di entrare da questa parte. Vi aspetterò".

"Signor Cole", disse Parrot, forzatamente, con la voce dura. "Lasciami entrare. Ho bisogno di espiare, signor Cole".

"Espiare? Per cosa?"

"Per tutto quello che ho fatto. Se non fosse stato per me, niente di tutto questo sarebbe successo".

"Non puoi saperlo. Burroughs avrebbe usato qualcun altro".

"Burroughs?" Fu il turno della signora Rickman di afferrare l'avambraccio di Cole. "L'ha menzionato prima, ma intende il capitano Burroughs della Cavalleria degli Stati Uniti?"

Sgranando gli occhi, Cole fece una risatina. "Non è un capitano, signora. È un sergente, e anche piuttosto maligno".

"Lui... era un amico di mio marito. Ha cenato qui molte volte e insieme hanno discusso dell'allevamento e del trasporto dei cavalli. Mio marito ha molti contatti con le ferrovie e...." I suoi occhi si inumidirono e lei si voltò, con il dorso della mano premuto contro la bocca. Singhiozzò.

Di nuovo, la mano di Cole, questa volta posata sulla sua spalla, la calmò. "Quando tutto questo sarà finito, noi..."

Il rumore dei cavalli che scalpitavano sul lato della casa lo fece zittire. Senza una parola, Parrot lo spinse oltre ed entrò nella porta, con il revolver pronto. Cole si allontanò e si diresse verso la piccola finestra adiacente alla porta d'ingresso. Inspirò e azionò la leva della sua carabina. "Sono sul retro. Preghiamo che Parrot riesca a trattenerli".

Senza far rumore, la signora Rickman si avvicinò a Spelling e premette il muso contro la sua testa. Lui strillò, rannicchiandosi, singhiozzando: "Cole, Cole, lei mi ucciderà!"

"Smettila di starnazzare", scattò Cole, lanciando un'occhiata alla signora Rickman. "Aspetti, ha capito? Lo portiamo a Paradise e lo processiamo. Lo facciamo come si deve".

Il suono di grida furiose proruppe dalla sala da pranzo. La voce di Parrot, alzata per l'allarme, si incrinò per la paura: "Aspettate ragazzi, aspettate. Sono uno degli uomini di Burroughs! Non sparate".

La signora Rickman urlò e indietreggiò. "È con loro!"

Bestemmiando, Cole si precipitò verso la porta, la aprì con un calcio e si mise subito in ginocchio, con l'Henry che gli sbatteva sulla spalla.

La sala da pranzo era lunga e stretta, dominata da

una tavola ordinatamente apparecchiata con posate e ciotole in attesa del prossimo pasto. Grandi finestre panoramiche si aprivano davanti e dietro, permettendo una vista ininterrotta della campagna circostante da un lato, e dell'altro del cortile e dei granai sul retro. All'estremità della stanza, la porta della cucina era socchiusa e Cole poteva chiaramente vedere l'ingresso posteriore aperto.

Scoppiò una sparatoria, selvaggia e furiosa. Parrot aveva cercato di ingannarli e poi aveva aperto, o avevano respinto i suoi appelli e gli avevano sparato comunque? Cole non poteva esserne sicuro, e non aveva intenzione di discutere le alternative un secondo di più. Scattò in avanti, tenendosi basso, e si sbatté contro il muro adiacente alla porta della cucina. A bocca aperta, aspettò e ascoltò.

La sparatoria continuò, confermando la sopravvivenza di Parrot. Almeno per ora. Gli sparsi erano ridotti, si sentiva solo qualche colpo singolo, senza dubbio la sorpresa iniziale aveva lasciato il posto alla determinazione di uccidere.

Cole scivolò in cucina e quasi gridò quando vide il corpo. Sotto il rozzo tavolo da cucina giaceva una donna nera, distesa sulla schiena. Il pallore grigio malaticcio della sua pelle attestava che era morta da tempo. Qualcosa di terribile era accaduto in quella casa e Cole sospettava che avesse poco a che fare con Spelling o Burroughs.

Un viavai di passi. Un colpo di pistola. Un urlo soffocato. Cole spostò la testa verso la porta posteriore aperta, trattenne il respiro e si sporse in avanti sulle ginocchia.

La luminosità del sole cocente lo accecò, ma solo per poco. Nel giro di due secondi, vide Parrot a terra che si stringeva la gamba mentre perdeva sangue. La sua pistola era accanto a lui, senza dubbio scarica. Due uomini emersero da dietro le balle di fieno accatastate, spargendo le cartucce vuote delle loro stesse armi. Cole li riconobbe come quelli che lo avevano aggredito e trascinato nel fienile. I loro volti impostati, striati di sudore, non si accorsero che Cole stava uscendo nel cortile finché non fu troppo tardi.

Si mosse in avanti, con l'Henry al suo fianco, armeggiando con la leva, sparando ad entrambi gli uomini diverse volte, facendoli saltare all'indietro, perforando i loro corpi con disegni sanguinari di morte.

Uno strano silenzio inquietante piombò su di loro. Cole ricaricò lentamente la carabina prima di spostarsi verso Parrot. Guardò il giovane soldato, dando una rapida occhiata alla sua ferita. "Ti metto il laccio emostatico e starai bene".

Gemendo, Parrot fece del suo meglio per alzare la testa. Le lacrime gli cadevano copiose sul viso. "Oh, signor Cole, pensavo di averli presi, ma erano troppo veloci per me. Mi dispiace. Mi dispiace tanto".

"Calmati, figliolo. Hai fatto bene. Il tuo coraggio mi ha dato il tempo di prenderli di sorpresa".

"Quello che ho detto, signor Cole, era vero. Capisce? Lei mi crede, vero?"

"Vorrei tanto, figliolo. Sì, lo so. Ora lasciami andare a prendere qualcosa per rattopparti". Si alzò, si girò e sussultò, vedendo la signora Rickman in piedi sulla porta della cucina, con la Wells Fargo in mano. Il suo viso, pallido come la morte, sembrava scolpito nel granito.

"Signora Rickman", disse Cole, alzando la mano nel gesto universale di pace. Fece un passo verso di lei.

Lei portò la Wells Fargo in alto, stabilizzando la mira con due mani.

"Non lo faccia", sussurrò Cole, non osando credere a ciò che aveva intenzione di fare. "Signora Rickman, non c'è bisogno di..."

"È finita, Cole".

Cole sbatté le palpebre, non credendo a quello che

aveva sentito, e girò la testa per vedere Parrot, con la pistola in mano, che faceva rientrare il cane. Stava sorridendo.

Poi la signora Rickman sparò e Parrot non sorrise più.

CAPITOLO DIECI

Lo portò nel fienile, lo stesso fienile in cui il cane pulcioso era scomparso tanto tempo prima. A Cole sembrò una vita intera da quando aveva rimesso in sella il suo cavallo in quel luogo freddo e solitario. Erano successe tante cose da allora. Soprattutto morti. Il marito della signora Rickman, la cameriera, due uomini armati e Parrot. Parrot, il cui inganno e tradimento era quasi costato la vita a Cole. Se non fosse stato per la signora Rickman. "Mi chiamo Julia", gli aveva detto prima di prendergli la mano e condurlo al fienile. E un'altra morte.

Il corpo dondolava grottescamente da una corda antica e sfilacciata, gli occhi sporgenti e la lingua blu con il collo allungato in modo innaturale. Delle mosche ronzavano intorno al cadavere.

"Mio figlio", disse semplicemente, tradendo poca emozione.

Scuotendo la testa, Cole si guardò intorno. "Lo tirerò giù".

"No", disse lei. La sua voce mise fine a qualsiasi obiezione.

Cole la studiò. Nemmeno il colorito cinereo della sua pelle poteva mascherare la sua bellezza. "Cos'è successo qui, signora?"

"Julia", disse lei. Lui annuì, e lei sospirò profondamente. "Belinda, la mia cameriera, ha sentito mio marito parlare con Burroughs. Non volevo crederle quando me l'ha detto. Povera ragazza, era così spaventata, ma mi ha fatto ascoltare. L'ho colpita. Ve lo immaginate? Non potevo accettare quello che mi stava dicendo. Che mio marito era in combutta con Burroughs, che rubava cavalli all'esercito e li portava giù in Messico. Non ho mai pensato di domandarmi perché dei cavalli fossero sempre recintati qui. Ho semplicemente creduto che facesse parte dei suoi affari". Fece una breve risata di scherno. "Beh, in questo avevo ragione, no? *Erano* affari suoi, ma non lo avrei mai considerato capace di quello. Per dirla senza mezzi termini, signor Cole, era immerso fino al collo in affari illegali".

"Quindi, per tenerti tutto nascosto, ha deciso di uccidere la cameriera?"

Lei annuì, voltandosi per tornare alla porta aperta. Dall'oscurità emerse il cane, con la coda tra le gambe e gli occhi a terra. Praticamente scivolò fino a lei sulla pancia, serpeggiando intorno alle sue caviglie, piagnucolando pateticamente. Lei si abbassò e solleticò l'animale dietro un orecchio. "Ha cercato di nasconderlo, ma è andato tutto storto. Nostro figlio l'ha colto nell'atto di strangolarla. Hanno lottato, è partito uno sparo e Belinda..." Sospirò ancora. "Sopraffatto, James lo ha seguito nel salotto e, be', il risultato lo ha visto".

Cole si avvicinò a lei, fermandosi per un momento a guardarla mentre faceva il solletico al cane. "Quello è James, nella stalla?" Lei annuì. "Mi dispiace. Nessuno dovrebbe subire una tale perdita".

"Sto bene", disse lei, e lui si accigliò per la distanza nella sua voce, la sua apparente freddezza. Lei colse la sua espressione e forzò un sorriso. "Non era mio figlio biologico, capisce? Sua madre è morta di febbre tre anni fa".

"Allora, lei e Rickman vi eravate sposati da poco. Eppure, è tanto da digerire".

"No, signor Cole. Non ci siamo mai sposati". Lei rise di nuovo quando lui alzò le sopracciglia. "Non l'avevo presa per un puritano, signor Cole. Non avrei mai pensato che una cosa del genere l'avrebbe sconvolta".

"Be', io..." Lui spostò la polvere con i piedi e preferì guardare il cane piuttosto che tenere gli occhi fissi sul viso di lei.

"Mi sono trasferita qui circa nove mesi fa e all'inizio andava tutto bene. Abbiamo anche parlato di matrimonio e James sembrava accettarlo. Era ancora in lutto, e credo che si possa dire che l'ho aiutato in questo. Ho perso i miei genitori nel sessantotto a causa del colera. Questo è un mondo brutale, signor Cole, come lei ben sa".

"Infatti, lo so, signora".

"Julia".

Lui annuì. "Darò loro una sepoltura. Spelling mi può aiutare".

"Non voglio che quel pezzo di merda si muova in questo posto. No, lo faremo io e lei, poi scenderemo a Paradise e mi costituirò".

"Costituirsi? Per cosa?"

"Per quello che ho fatto, signor Cole". Lei si alzò, il cane la stuzzicò immediatamente per avere più affetto. Invece, indicò il punto in cui il corpo di Parrot giaceva al sole. "L'ho ucciso."

"No, Julia. È stato preso nel fuoco incrociato, non ricorda?"

"Quale fuoco incrociato?"

"Tra me e quelle due canaglie che ho messo sottoterra. Non ha visto?"

"Signor Cole, non può..."
"Mi chiamo Reuben e, quando si tratta di uccidere, posso fare quello che voglio".

CAPITOLO UNDICI

Dopo aver cavalcato per mezza giornata fino a Paradise e aver depositato Spelling nella prigione della città, proseguirono attraverso la prateria fino a dove speravano di trovare Burroughs e la sua truppa. Julia aveva insistito per accompagnare Cole e c'era poco che lo scout potesse fare per dissuaderla. "Voglio guardarlo dritto negli occhi e dirgli cosa ha fatto".

Quella prima notte, accampati sotto le stelle, sedevano accanto al fuoco che Cole aveva fatto, lei guardando le fiamme, lui il suo profilo. "Non gli importerà", disse lui alla fine.

"Lo so. Ma voglio che lui sappia che *io* lo so".

"È per questo che ha costretto Spelling a fare la sua confessione allo sceriffo?"

Raccolse un piccolo pezzo di legno e lo gettò nel fuoco. "Non avevo bisogno di forzarlo - era terrorizzato".

"Non sembrava così terrorizzato quando l'ho conosciuto. Anzi, il contrario".

"Forse il pensiero di quel cappio che si stringe intorno alla sua gola...".

"È questo che gli hai detto?"

Scrollò le spalle, pesando un altro ramoscello nella mano. "Forse."

"L'ho sentita parlare con lui e ho visto la sua faccia diventare bianca. Poco dopo, ha detto altre cose e lui era più rilassato. Ha fatto un accordo con lui?"

"È Burroughs che deve affrontare il cappio del boia, signor Cole. Spelling non era altro che il suo lacchè. Gli ho detto che avrei fatto del mio meglio per rendergli le cose più facili se mi avesse detto dove era diretto Burroughs".

"Le sue tracce sono chiare. Non c'era bisogno di..."

"Sono stanca", disse lei, soffocando uno sbadiglio. "Parleremo di nuovo domani". Con questo, gettò l'ultimo ramoscello tra le fiamme, si mise la coperta intorno al collo e si girò. Cole si sedette, considerando le sue parole, sapendo che nessuna di esse suonava in alcun modo convincente.

Turbato, gli ci volle molto tempo per trovare il sonno.

Si alzarono presto e, dopo aver fatto una magra colazione a base di avena e caffè, si mossero lentamente sulla pianura infinita, senza parlare molto. Julia non giustificò le sue spiegazioni della notte precedente e Cole non le fece pressioni. La seconda notte scoppiò un temporale che illuminò il cielo come una notte di carnevale. Julia, molto più rilassata, gli raccontò scherzosamente che gli dei stavano combattendo sulle montagne lontane, il martello di Thorn che batteva il cielo con rabbia. "Dei nordici", aggiunse lei.

Lui scrollò le spalle, con l'espressione vuota. "Nordico? Non ho idea di cosa sia".

"Vichinghi", disse lei, ma lui si limitò a scuotere la testa. "Va bene, e i greci? Ne avrà sicuramente sentito parlare".

"Conoscevo un greco una volta. Non ricordo molto di lui ora. Ho combattuto con lui in guerra. Si è beccato una pallottola in gola e gli ci sono voluti tre giorni per morire".

Lei fece una smorfia. "Gli antichi greci, signor Cole, erano un po' diversi".

"Erano?" Grato per qualsiasi cosa che potesse alleviare la monotonia del viaggio, Cole grugnì: "Non sono mai stato uno che va a scuola. Ho imparato un po' di lettere e numeri quando ero grande poco più di una pannocchia, ma non ho mai letto molto, ad essere sincero".

Sorridendo, lei gli spiegò alcune cose, come gli dei e i titani combatterono per il dominio del mondo e gli dei, vittoriosi, andarono a vivere sul monte Olimpo, con Zeus a capo di tutti. "Ci sono molte storie sui loro dei. Alcune sono emozionanti, altre tristi. C'è qualcosa per tutti".

"Non ne dubito, ma non riesco proprio a pensare all'idea che mangino i loro stessi figli". Ridacchiò tra sé e sé. "La cosa più vicina a divinità e roba simile che ho avuto sono state le poche volte che la mia vecchia madre mi ha mandato alla scuola domenicale. Ma era soprattutto per insegnarmi le lettere, come ho detto. Non ho imparato molto altro, mi dispiace dirlo".

"Quindi, lei non si classificherebbe come un uomo religioso, signor Cole?"

"Conosco la differenza tra giusto e sbagliato. Credo che questa sia l'unica religione di cui qualcuno ha bisogno qui".

"Deve aver visto una buona dose di sofferenza. Azioni malvagie. Errori".

"Vero, ma ho anche visto del bene, signorina Julia. Ho visto la gente soffrire per ogni sorta di insuccesso e tornare più forte che mai".

"Pensa che sia questo che mi succederà? Dopo quello che è successo in questi ultimi giorni?"

"Lei mi sembra una donna risoluta, signorina Julia.

Sfrontata, forte. Credo che ne uscirà con una determinazione nuova".

Lei lo fissò attraverso le fiamme del loro secondo falò. Da qualche parte in lontananza un coyote ululava, un suono inquietante e solitario. La tempesta lontana si ritirò ancora più lontano, lasciando umidità nell'aria ma nessun altro indizio che il tempo fosse cambiato, anche se fugacemente.

"Non mi darò pace finché non vedrò Burroughs morto, signor Cole".

"Lo vedrà presto".

"Prego che lei abbia ragione, signor Cole. Se non sarà così, mi vedrà compiere un altro omicidio". Poi si girò, tirandosi la coperta sulle spalle. Lui le guardò le spalle fino a quando il dolce salire e scendere del suo respiro divenne regolare, profondo e completo. Solo allora si sistemò lui stesso, con le braccia dietro la testa, fissando la vastità del cielo notturno. Di nuovo, non riuscì a dormire, non per molte ore.

CAPITOLO DODICI

Roose, in ginocchio a studiare il terreno, alzò la testa per scrutare l'orizzonte. Dalla sua sinistra arrivò Orso Bruno, uno dei pochi esploratori Shoshone rimasti in questa parte del territorio, che cavalcava il suo pinto senza sella, con un Winchester tra le braccia. Scese dal pony e si avvicinò a Roose. Considerò la terra smossa e si inginocchiò accanto all'esploratore dell'esercito, con le dita che tastavano la terra. "Due giorni", disse.

"Forse. Potrebbe essere di più. In ogni caso, li stiamo lentamente raggiungendo".

"E quando li supereremo?"

In piedi, Roose allungò la schiena. "Per fortuna, non è una mia decisione", disse senza fiato. "Riesci a vedere qualcos'altro?"

Orso Bruno passò il piatto della mano sul terreno. "Ci sono pony qui, oltre ai cavalli".

"Gli indiani, dici?"

"Alcuni. Anche i comancheros, forse. Uomini pericolosi. Dovremo stare molto attenti". Si alzò e volse lo sguardo alle montagne lontane. "Dovremmo dirlo al sergente".

"D'accordo".

Montarono in sella e si diressero di nuovo verso il

piccolo drappello di soldati a cavallo che arrancavano nella terra riarsa. Sembravano stanchi e abbattuti, il caldo implacabile che succhiava via la forza dalle ossa. Vedendoli avvicinarsi, Burroughs alzò una mano e gli uomini si fermarono in modo disordinato, tutti gemendo, uno di loro mormorò: "Non possiamo accamparci ora, sergente?

Ignorando questa supplica, Burroughs strinse gli occhi quando i due esploratori arrivarono al loro fianco, con i cavalli che sbuffavano. "Cosa avete trovato?"

"Sono avanti di circa due giorni", disse Roose, "si muovono lentamente, cosa che con questo caldo si può capire".

"Se spingono troppo i cavalli, moriranno".

"Esattamente", disse Roose, torcendosi in sella e gesticolando verso le montagne. "Se siamo fortunati, potremmo prenderli prima che si mettano al riparo". Guardò di nuovo Burroughs. "Orso Bruno dice che ci sono dei pony tra loro. Potrebbero significare indiani".

"O Comancheros", aggiunse Orso Bruno.

"Pensi che i Comancheros verrebbero così a nord?"

"Se il prezzo fosse giusto", continuò Roose, "quei pagani assassini farebbero quasi tutto. Non sono solo commercianti, lo sappiamo tutti".

"Ho sentito che stanno organizzando incursioni in tutto il Nuovo Messico e nel Texas. L'esercito lancerà presto una spedizione contro di loro, ma questo..." Scosse la testa. "Questo non c'entra".

"Come lo sa, sergente?"

Burroughs fece scattare la testa in direzione dell'esploratore. "Chiamatelo istinto, signor Sterling. Sesto senso". Sorrise: "O forse sto solo recependo quello che mi ha detto il buon capitano. Questi sono ladri di cavalli, che portano i cavalli dell'esercito al confine messicano. Non sono Comancheros che commerciano con i Comanche. Se lo fossero, lo farebbero qui", e puntò un dito verso il terreno vicino al suo cavallo. "No, questo miserabile gruppo sta commerciando con l'esercito messicano e il mio compito è quello di fermarli mentre sono ancora all'interno del territorio degli Stati Uniti". Fece un respiro profondo. "Due giorni hai detto?"

"Più o meno", disse Orso Bruno.

"Va bene, allora andiamo avanti, anche di notte, se necessario".

"Gli uomini hanno bisogno di riposo, sergente", disse lo scout Shoshone.

"Sono i miei uomini e decido io cosa è meglio per loro, non un pellerossa rognoso".

"Aspetta un attimo, Burroughs", disse rapidamente Roose. "Orso Bruno è un esploratore giurato dell'esercito. Non hai il diritto di parlargli in quel modo".

"Ho tutti i diritti".

Roose si tese e Orso Bruno posò delicatamente una mano sul braccio del compagno, allentando quasi subito la tensione crescente.

Ignorando questo scambio, Burroughs si passò la lingua intorno alla bocca, sibilò e sputò a terra. "Ora hai fatto il tuo lavoro, quindi puoi tornare al forte e dire al capitano Phelps che la cosa è tutt'altro che conclusa".

"*Cosa?*" Roose girò la faccia incredula verso Orso Bruno, poi di nuovo verso il sergente. "Sei fuori di testa? Come farai a rintracciarli da solo?".

"Mi hai mostrato qual è la strada", disse Burroughs, "il resto possiamo farlo da soli".

"Sergente", disse tranquillamente Orso Bruno, "se hanno dei Comanche con loro, non avete abbastanza uomini per...".

"Lascia che sia io a preoccuparmi di tutto questo, vuoi? Ora andatevene tutti e due, prima che perda la pazienza".

Per alcuni, lunghi momenti rimasero tutti seduti lì, i due esploratori senza parole, lottando per venire a patti con ciò che Burroughs, rigido come un pinnacolo di pietra, aveva ordinato.

"Andiamo, signor Roose", disse Orso Bruno con un profondo sospiro, "Andiamocene. Non siamo più utili qui".

Roose voleva discutere, ma a malincuore accettò la saggezza delle parole del suo compagno. Poteva vedere dal contegno del sergente che non aveva intenzione di cambiare la sua decisione. Scuotendo la testa, Roose fece avanzare il suo cavallo e i due esploratori passarono davanti ai giovani soldati, che li fissavano tutti increduli.

"Tornerete, vero?" chiese uno di loro.

Roose non riuscì a guardarlo negli occhi quando disse: "Non temere, figliolo. Buona fortuna".

"Ma come facciamo a sapere da che parte andare?" chiese un altro.

"O cosa ci aspetta quando arriviamo?"

"Chiudete le vostre boccacce", abbaiò Burroughs. "Ce la caveremo benissimo".

Ignorandolo, Roose diede un calcio ancora più forte al suo cavallo e partì al galoppo, mentre Orso Bruno si muoveva dolcemente dietro di lui. Ben presto, la truppa non fu altro che una macchia scura in quel vasto paesaggio.

Fu al terzo giorno del viaggio di Cole e a metà del primo di Roose che si incontrarono. Cole e Orso Bruno caddero l'uno nelle braccia dell'altro. "Accidenti, è bello vederti vecchio amico", disse Cole, incapace di trattenere una lacrima che gli spuntava all'angolo dell'occhio destro. "Non ero sicuro che ti avrei mai rivisto".

Dopo molti altri abbracci e pacche sulle spalle, ognuno raccontò la propria storia, accampandosi in una piccola valle, mentre Orso Bruno si occupava del cibo e Roose sedeva con la coperta intorno alle spalle, mordendosi il labbro inferiore. "Sembra che l'unica costante di tutta questa brutta storia sia Burroughs".

"Esatto", disse Cole, "e se ho imparato qualcosa su di lui, è che ha il cuore freddo e ha sete di sangue. Non si fermerà davanti a nulla per ottenere ciò che vuole".

"Vendere quei cavalli".

"Sta portando quei poveri giovani alla morte", disse Julia Rickman a bassa voce, con la voce tremante, tradendo la profondità dell'emozione che la attraversava. "Insieme a mio marito, hanno distribuito cavalli - rubati e non - in tutto il Mid-West. Usavano Rickman City e il nostro ranch come base per le loro operazioni. Quello spregevole Spelling coordinava lo spostamento dei cavalli..."

"Ma poi Spelling cominciò ad avere idee proprie", disse Cole, sentendo inconsciamente il ricordo del gonfiore lungo la mascella.

"Forse, se lei non fosse arrivato, signor Cole, Spelling e Burroughs si sarebbero uccisi a vicenda in uno scontro a fuoco".

"Forse".

Un sorriso ironico le svolazzò sulla bocca. "O forse no. E sospetto che Burroughs ne sarebbe uscito vittorioso. Lui ha questo talento".

"Quindi lo conosceva bene?"

La sua testa si alzò di scatto alla domanda di Roose e, per un momento, i suoi occhi lampeggiarono. Tuttavia, non solo di rabbia. C'era qualcos'altro in quegli occhi, qualcosa che rendeva Cole nervoso. "Lo fermeremo", disse rapidamente. Guardò significativamente verso Sterling Roose, suo amico e compagno di esplorazione. "Non credi?".

"Non farà riposare i suoi uomini. Moriranno, come dice la signora Rickman, e lui raggiungerà i ladri molto prima che raggiungano il confine. Sono tre giorni di cavallo, Cole. Anche se cavalcassimo tutti i giorni, difficilmente lo raggiungeremmo".

"Potrei farcela", disse Cole. "Da solo, cavalcando veloce".

La mano di Julia si allungò e strinse la sua. "No. Mi aveva promesso che l'avremmo portato dentro e che io sarei stata lì a vederlo".

"E lo farà", disse Cole, sorridendo con forza. "Ma posso recuperare terreno molto più velocemente da solo. Con un cavallo di riserva", qui fece un cenno a Roose, "potrei cavalcare senza fare pause".

"E se lo raggiungi?" chiese Orso Bruno, tornando al fuoco con piatti di latta impilati di pane tostatp e pancetta fritta. "Cosa farai quando li incontrerai? Li ucciderai tutti? Pensi di poterlo fare?".

"Se dovesse essere necessario, sì".

"No Reuben!" Gli altri si stranirono all'uso da parte di Julia del nome cristiano di Cole. "No, me l'hai promesso. Burroughs deve essere processato. Ricordi quello che hai detto sul bene e sul male?"

"Le circostanze sono cambiate", disse Cole, con le labbra serrate in una linea dura. "Lo riporterò vivo, se posso".

"*Hai promesso*".

"So quello che ho detto e sono un uomo di parola, Julia. Devi fidarti di me su questo".

Il silenzio si posò su tutti loro, finché Julia, lottando per tenere la voce sotto controllo, disse infine: "Dormiamoci su. Domattina ne riparleremo".

Con poco altro da dire sull'argomento, si ritirarono nei loro giacigli di fortuna, stendendosi sotto le stelle, rannicchiati sotto le coperte accanto al fuoco ben alimentato.

A un certo punto della notte, Cole si svegliò e, il più silenziosamente possibile, preparò il suo cavallo. Aveva riflettuto un po' prima di decidere di prendere il cavallo di Julia, pensando che fosse l'opzione migliore per non mettere a dura prova la sua amicizia con Roose, usando quello dell'amico come riserva durante la lunga cavalcata.

Mentre conduceva i cavalli lontano dall'accampamento, una figura uscì dall'oscurità, facendo sì che Cole si fermasse e tirasse fuori la Colt da cavalleria, il suono del cane amplificato una miriade di volte in quella notte fredda e immobile.

"Aspetta Reuben, sono solo io", disse la voce bassa di Orso Bruno. "Ho paura. Quando abbiamo cavalcato insieme tanti anni fa, tu eri giovane, forte. Hai imparato tutto sull'uccisione e la perdita, oltre a molte altre cose". Sorrise. "Sei diventato un abile segugio, amico mio. Ma andare contro così tanti, non sono sicuro che sia saggio".

"Devo farlo", disse Cole in un sussurro, rimettendo la Colt nella fondina. "Non credere di fermarmi".

"No. Voglio venire con te".

Accigliato, Cole inclinò la testa. "Sarebbe meglio da solo".

"Finché non li incontri. Ci sono degli indiani con loro. Ti gireranno intorno prima ancora che tu ti renda conto di quello che sta succedendo. Io posso aiutarti".

"Ho lasciato un biglietto a Sterling per spiegare".

"Lui capirà".

Sospirando piano, Cole scrollò le spalle. "Capisco che vuoi dire", disse.

"Allora sarà come ai vecchi tempi, amico mio".

"Sì, immagino di sì".

Lentamente, senza ulteriori conversazioni, i due uomini se ne andarono, muovendosi nella notte come se ne facessero parte. Nessuno dei rimasti si agitò alla loro partenza e quando Roose e Julia si svegliarono, i due esploratori erano già lontani, macinando le miglia nel loro implacabile e determinato viaggio.

CAPITOLO TREDICI

Verso l'inizio della sera, portarono i loro cavalli giù per il ruscello, per avere un po' di tregua dal caldo, che prosciugava ogni grammo delle loro forze, lasciandoli letargici, di cattivo umore e con un disperato bisogno di dormire.

"Pensavo che la notte dovesse fare freddo", disse un soldato magro e affamato di nome Nolan mentre guidava con cautela il suo grosso roano verso il fondo del burrone.

Gli altri, muovendosi con la stessa cautela, lo raggiunsero. "Sono le rocce", disse il caporale Dewy, tirando su il proprio cavallo prima di scivolare dalla sella. Inarcò la schiena e emise un forte gemito.

"Rocce?" Nolan smontò, facendo subito una serie di torsioni e stiramenti per alleviare i crampi delle sue articolazioni. Gli sembrava di aver vissuto quasi tutta la sua vita in sella.

"Risucchiano il calore durante il giorno e poi lo distribuiscono quando il sole tramonta. Avvicinati troppo a loro e ti cuocerai come una delle torte di zucca di tua madre".

Gli altri ridevano, ma era un suono sordo e depresso. C'era poco buon umore nel gruppo.

Trascinando i cavalli, si misero a preparare un

accampamento di fortuna, raccogliendo la legna che potevano. Taylor, il più vecchio del gruppo, era il loro cuoco eletto, una posizione che non sopportava perché aveva poca fiducia nelle sue capacità. Tuttavia, nessun altro aveva mai tentato di mettere la padella al fuoco, così si mise a riempire una pentola d'acqua in un cupo silenzio. Tirò fuori dalle sue bisacce dei pezzi di manzo secchi e salati e li mescolò nell'acqua sudicia insieme a un pezzo di cipolla arricciata che era riuscito a conservare.

Una decina di minuti dopo, il soldato Lomax mise la pietra focaia sull'acciaio e riuscì ad accendere la legna infilata sotto i ramoscelli e i rami impilati. Quasi a pancia in giù, soffiò delicatamente sulle piccole braci fino a quando non divamparono, e le fiamme lambirono i pezzi di legno secchi. Rotolandosi, Lomax guardò con uno sguardo di riverenza i suoi risultati e cominciò ad ammucchiare pezzi di legno più grandi e pesanti finché il fuoco non ruggì.

"Penso che tu abbia un po' esagerato", commentò Nolan, schermandosi il viso dal calore.

"Se pensi di poter fare meglio, allora fallo", disse Lomax. Sempre irascibile, la sua pazienza era sul punto di crollare dopo il caldo implacabile della giornata e la noia della loro corsa prolungata.

"Non sto dicendo questo", continuò Nolan.

"Allora cosa stai dicendo?"

"Solo che non avresti dovuto mettere tanta legna, tutto qui. Sei un po' suscettibile stasera, Lomax. Cos'è che ti ha fatto arrabbiare, cacasotto?"

"Smettetela voi due", scattò Dewy, seduto su un grande masso mentre si toglieva gli stivali. Studiò i suoi calzini logori prima di toglierli. Scosse la testa, dicendo a se stesso: "Dovrò rammendarli".

"Oh cavolo", disse Taylor, avvicinandosi al fuoco ruggente con la sua pentola piena di manzo e cipolle.

"Non posso metterlo lì sopra, Lomax. Dovrò aspettare che si plachi un pò".

"Allora aspetta, vecchio stronzo".

"Attento a come parli, Lomax, o ti faccio mangiare la cena dal buco sbagliato!"

"*Basta* così", gridò Dewy, alzandosi in piedi. Bestemmiò mentre una moltitudine di piccole pietre appuntite gli tagliava le piante dei piedi. Mentre crollava di nuovo sul masso, Lomax sferrò il suo primo colpo. Era un uomo grosso, con una pancia enorme, ma non era agile. Il pugno era selvaggio e moscio, e Taylor gli scivolò sotto senza problemi. Tenendo la pentola in una mano, l'altra sbatté contro la costola destra di Lomax con la forza di un battipalo. Non fu così forte come avrebbe voluto - era consapevole del suo stufato sfatto - tuttavia il colpo fu sufficiente a far cadere Lomax in ginocchio. Strillò e rimase lì, piegato in due, respirando a fatica.

"Sei un ciccione idiota", disse Taylor e sistemò la pentola il più vicino possibile al fuoco. Tornando verso i cavalli, lanciò a Dewy un'occhiata tagliente. "Ho una pentola da qualche parte. Nel frattempo, per evitare altri battibecchi, manda quei due ragazzi a sparare a qualche lepre".

"Lepri? Non ce ne saranno qui intorno".

"Be', potrebbero esserci. Darà loro qualcosa da fare, oltre a staccarsi i pezzi l'un l'altro".

"Sì, va bene. Va bene", alzò la testa, "Nolan, tu prendi la tua carabina dall'altra parte e vedi se riesci a sparare a qualcosa per cena. Porta Lomax con te quando sarà di nuovo in grado di respirare".

Mentre Taylor rovistava nelle bisacce alla ricerca del portavaso triangolare che credeva di aver nascosto da qualche parte, gli altri due soldati se ne andarono a piedi, entrambi imprecando sottovoce, ma nessuno dei due degnò Taylor di uno sguardo.

Nell'accampamento, o quello che ne rimaneva, alla fine tornò il silenzio.

Il sergente Burroughs si sistemò tra un gruppo di massi lisci, alcuni grandi come una casa di città. Guardò l'orizzonte, i colori del cielo che lentamente cambiavano, da viola e malva profondi, ad arancioni e rossi. Aveva sentito dire che se il cielo bruciava così, allora il giorno seguente sarebbe stato buono. Buono in che senso, si chiese mentre estraeva un sottile sigaro dalla tasca della camicia. Lo accese, aspirò il fumo e lo lasciò percolare all'interno per un momento prima di rilasciarlo in un lungo flusso grigio.

Molti anni prima, suo padre, mentre giaceva sul letto di morte, fece dono a Burroughs di un orologio da tasca liscio e consumato. La catena era scomparsa da tempo, ma l'orologio era rimasto in buono stato. Ricordava che suo padre gli aveva raccontato la storia che era francese, che un vecchio re di quella terra aveva fatto una collezione di orologi e di altri segnatempo e che questo piccolo orologio con cassa d'argento faceva parte di quella collezione. Vero o no, Burroughs si preoccupava raramente di queste banalità. Finché funzionava, era l'unica cosa che gli importava. Papà era morto da tempo, ma l'orologio andava avanti. Burroughs ricordava l'enorme sensazione di sollievo quando suo padre aveva esalato l'ultimo respiro. Non erano mai andati d'accordo. Burroughs ricordava le percosse di quando era più giovane, le urla e le imprecazioni, come la sua povera cara mamma piangeva a lungo di notte mentre il padre beveva fino a perdere i sensi. Queste cose le teneva ben nascoste negli angoli della sua mente, ma tutto contribuiva a renderlo arrabbiato e risentito, con tutti, ma soprattutto con quelli che non sembravano mai lottare o capire il dolore. Non essere amati. Il dolore più grande di tutti.

Aprì il coperchio dell'orologioe guardò la lancetta dei minuti che si muoveva appena. Perché, si chiese, il tempo passava così lentamente quando si voleva che passasse velocemente? E non era anche vero che quando si aveva bisogno di più tempo, questo semplicemente si scioglieva? Non era mai riuscito a capirlo. Sospirò, chiuse l'orologio e lo rimise in tasca. Fece un'altra lunga tirata al sigaro. Al calar della notte tutto sarebbe finito, si convinse. Solo allora avrebbe potuto dormire un po'.

Non per la prima volta si chiese la giustificazione di ciò che stava per accadere. Sì, era arrabbiato. Sì, l'odio lo rodeva senza tregua. Ma quegli uomini, i suoi soldati, niente di tutto questo era colpa loro. Come avevano contribuito alla sua dolorosa esistenza? Non c'era risposta, perché non c'era giustificazione. Era semplicemente qualcosa che doveva essere fatto. Per arrotondare i bordi. Per mantenere tutto pulito e ordinato. Gli uomini si perdevano continuamente in questa vasta distesa di macchia, molti morivano, resi pazzi dalla sete. Quelli che riuscivano ad andare avanti molto probabilmente venivano eliminati dagli Utes, dai Kiowa, dagli Apache o, che Dio li aiuti, dai Comanche. Le bande continuavano a vagare. Molto meno che in passato, ma anche così, i rinnegati riuscivano ancora a far sentire la loro presenza. Nessuna autorità avrebbe pensato di mettere in discussione tutto questo. E nessuno sarebbe mai venuto a cercarli. Cole sarebbe già morto da tempo se Spelling avesse fatto ciò che era stato concordato. Roose e l'indiano, di cui non riusciva a ricordare il nome, non sarebbero tornati. Non c'era motivo che lo facessero. Burroughs e i suoi uomini erano stati inghiottiti nel loro disperato tentativo di rintracciare i ladri di cavalli. Bisognava fare dei sacrifici perché il piano fosse credibile. Una volta completata quest'ultima parte dell'affare necessario, sarebbe stato libero dalla paura dell'inseguimento e avrebbe potuto far vendere i cavalli. Poi, finalmente, si sarebbe sistemato in un posto caldo, tranquillo, e si sarebbe lasciato tutto alle spalle.

Affari necessari. Era tutto qui.

Per l'ennesima volta, Lomax perse l'appoggio tra i ghiaioni e cadde pesantemente, questa volta torcendosi una caviglia, che lo fece gridare mentre si stringeva il piede. La sua carabina sferragliava accanto a lui.

"Cosa diavolo hai fatto *adesso*?" chiese Nolan, cogliendo l'occasione per fermarsi e pulirsi la fronte con la bandana. "Sembra che a ogni passo che fai rischi di romperti il collo".

Dondolando avanti e indietro mentre si teneva la caviglia, Lomax fece una smorfia, con i denti stretti nel suo viso bianco. "Sei proprio pieno di preoccupazioni, vero, Nolan?"

"Preoccupazioni? Per te? Ti dico una cosa, vorrei che il vecchio Taylor ti avesse frustato per bene, magari per insegnarti le buone maniere!"

"Sì, mi ha preso alla sprovvista, ecco cosa ha fatto. Proprio come lui, tutto viscido e codardo".

"Codardo? Lomax, sembra che tu abbia bisogno di una buona dose di realtà". Lui inclinò la testa e sorrise. "Sembra che comunque non andrai molto lontano. Continuerò per la mia strada, per vedere se riesco a trovare un coniglio. Tu siediti e rilassati, no?". Ridacchiò del suo sarcasmo e Lomax emise un gemito in risposta, con gli occhi chiusi, trattenendo il dolore.

Continuando a divertirsi con le sue stesse battute, Nolan si allontanò, seguendo un sentiero ben battuto che serpeggiava intorno a uno sperone roccioso strapiombante, lasciando Lomax a borbottare e lamentarsi.

Ogni passo lo portava sempre più lontano dal miagolio di Lomax finché, alla fine, non riuscì più a sentirlo. Colse l'occasione per fermarsi, tirare un respiro profondo e cercare di costringersi a rilassarsi. Avevano tutti bisogno di allontanarsi da quella terra, dal sole, dal caldo. Avrebbe voluto essere uno degli uomini scelti da Burroughs per tornare indietro e trovare Cole. Perché era questo che Burroughs intendeva quando aveva ordinato ad Ashton e Buller di trovare Cole. Di ucciderlo, forse. Le ragioni erano un mistero per Nolan, e preferiva non soffermarsi su nulla di tutto ciò. Burroughs aveva in mente qualcosa, questo era certo, ma qualunque cosa fosse Nolan non voleva saperlo. Aveva già abbastanza problemi per conto suo, il principale dei quali era Lomax. Prima o poi sarebbero venuti alle mani e il pensiero era inquietante. Aveva visto Taylor sferrare quel colpo come un professionista, ma dubitava di poter essere altrettanto bravo. Lomax, un uomo grande e grosso, si sarebbe dimostrato un osso duro e avrebbe potuto essere quello che stava sopra Nolan, vittorioso. Il pensiero gli fece rivoltare lo stomaco.

Qualcosa sgusciò da dietro una roccia e Nolan si voltò, azionando la leva della carabina. Rimase immobile sul posto, aspettando, con gli occhi che sfrecciavano da sinistra a destra, ma qualunque cosa si fosse mossa non era più in vista. Il silenzio era totale.

Si rilassò e si raddrizzò. L'intera impresa non era altro che una perdita di tempo, così, mettendosi la carabina in spalla, decise di tornare da Lomax e convincerlo che dovevano tornare al campo. Non avrebbero sparato a nessun coniglio, né oggi né mai.

Prima che girasse l'angolo per seguire la pista fino a dove era seduto il suo compagno, Nolan sapeva che qualcosa non andava.

Lomax non era più sul masso. Non si stava più curando la caviglia.

Giaceva disteso nel fango, con una freccia che gli sporgeva dalla gola e la sua carabina scomparsa.

In fuga, incapace di pensare, cosciente solo della

sensazione di terrore che lo avvolgeva, Nolan si fermò accanto al suo ex compagno e guardò negli occhi senza vita dell'omone. La freccia, conficcata in profondità, doveva significare che l'autore dell'atto doveva essere vicino. Così vicino che probabilmente Lomax poteva sentire il suo alito. Ma Nolan sapeva che gli indiani si muovevano in silenzio mortale. Aveva letto le storie, i Dime Novels. Aveva ascoltato i vecchi sudatori del Forte raccontare le loro storie di orrore e sangue. Gli indiani erano mortali. Inoltre, erano ancora in giro, razziando gli insediamenti per i cavalli e il cibo. Uccidere.

Come qui. Ora.

Non osando fermarsi, continuò a correre, a testa bassa, risalendo il ripido pendio fino alla cresta dove, meno di un'ora prima, lui e Lomax erano passati in cerca di conigli a cui sparare. Meno di un'ora. Sembrava passata una vita per Nolan quando, con il respiro affannoso, arrivò in cima e guardò giù nella conca del fiume.

Si aspettava di vedere i suoi compagni ancora lì. Taylor che preparava il loro stufato, Dewy senza dubbio che si riempiva una pipa da fumare mentre contemplava la vita.

Erano ancora lì, ma non come Nolan aveva sperato.

Stupefatto per il puro terrore, guardò gli indiani che continuavano il loro lavoro da grizzly. Uno, a cavallo di Dewy, fece un gran casino per segare la parte superiore della testa del caporale, mentre altri due si occupavano di Taylor. Un terzo indiano giaceva steso a terra e Nolan sentì una piccola ondata di orgoglio attraversarlo alla vista. Il vecchio cuoco aveva fatto del suo meglio. Non si sarebbe arreso senza combattere. Ma anche adesso, mentre teneva uno dei suoi assalitori per il polso e gli sbatteva un ginocchio nell'inguine, l'altro gli scivolava alle spalle e affondava una lama dall'aspetto crudele nella schiena di Taylor. Taylor urlò a squarciagola, si piegò e si accasciò in ginocchio, mentre l'assalitore ritirò la lama per dare il colpo di grazia.

Avendo visto abbastanza, Nolan si scosse e scivolò giù per il pendio, brandendo la sua carabina come una mazza. La sua corsa in avanti continuò senza interruzioni, mentre con il calcio della pistola colpiva il guerriero che teneva in alto lo scalpo di Dewey. Piombandogli addosso, colpì con il calcio sulla mascella dell'assalitore, non una, ma due volte, facendolo cadere a terra, e diede un calcio alla gola dell'altro. Cadendo accanto a Taylor, mise a terra la carabina e tenne il vecchio cuoco per le spalle.

Il vecchio alzò la testa. C'erano lacrime nei suoi occhi. "Corri, figliolo. Prendi il tuo cavallo e corri".

"Devo salvare il sergente. Ce ne saranno altri".

"No." Taylor si stropicciò improvvisamente, il viso divenne viola mentre il suo corpo si consumava in colpi di tosse a raffica. "No", disse di nuovo quando si fu ripreso un po'. "È uno di loro. Questi sono rinnegati. Ci sono messicani e texani con loro. Burroughs, lui..." Seguirono altri colpi di tosse, così raschianti e dolorosi, prima che il vecchio si accasciasse sulla sua destra e cominciasse ad avere degli spasmi, con le gambe che scalciavano, il corpo che tremava.

Nolan, sapendo che era giunta l'ora del vecchio cuoco, impugnò la carabina e si preparò a sparare all'indiano che gemeva a terra. Ma poi si rese conto che fino a quel momento nessuno aveva sparato un colpo. Una pallottola nella testa di quel diavolo avrebbe messo in allarme gli altri e la sua stessa morte sarebbe seguita rapidamente. Così, dando a Taylor un'ultima occhiata prolungata, finì entrambi gli indiani colpiti, sfondando loro il cranio con la carabina.

Fuggendo via, con il suo nauseante compito completato, si arrampicò sul pendio opposto, per cercare di dare un senso a quello che Burroughs stava facendo. Burroughs, il suo sergente, il suo comandante di truppa, aveva orchestrato tutto questo? Li aveva portati tutti qui a morire. Ecco cosa intendeva Taylor. La dolorosa verità, la profondità del tradimento del sergente, si combinarono per quasi sopraffare Nolan e per molti spaventosi secondi gli fu impossibile venirne a capo. Crollò a terra, dondolandosi dolcemente avanti e indietro, cullando la sua carabina come se fosse un bambino, l'unica cosa a dargli conforto.

Un gemito dalla sua destra lo costrinse a tornare alla realtà. Guardando uno degli indiani colpiti, Nolan si alzò in piedi e lasciò l'ossario che il campo era diventato.

CAPITOLO QUATTORDICI

Lo videro, mentre il sole non era altro che una sfera spenta nel cielo. Il puntino all'orizzonte divenne più distinto quando riuscirono a metterlo a fuoco e Cole, rimontando a cavallo, tirò fuori il binocolo dalla custodia di pelle.

"È un soldato", disse Orso Bruno, "riesco a vedere i pantaloni blu e la striscia gialla".

"Sto cercando di capire chi sia esattamente", disse Cole, non volendo impegnare l'esploratore indiano con spiegazioni in gran parte inutili.. Voleva solo sapere se era Burroughs. Non lo era. Era un cavalleggero che non riconobbe, ma dal suo aspetto, stava fuggendo da qualcosa, qualcosa di enorme.

Orso Bruno stava già estraendo il suo Winchester dal fodero.

"Credo che ne avrai bisogno, ma non ancora", disse Cole, rimettendo il binocolo nella custodia. "Cerchiamo riparo qui vicino", disse indicando un'imponente pila di rocce scoscese.

"Stai scappando da lui?"

Cole lanciò al ricognitore uno sguardo torvo. "Fai come ti dico", ringhiò e si diresse con il cavallo verso il riparo. In un batter d'occhio, Orso Bruno fu dietro di lui.

Sistemando i cavalli fuori dalla vista, Cole avanzò verso un grande masso, con l'Henry in mano.

"Allora, lo vuoi uccidere con un'imboscata". Orso Bruno distolse lo sguardo, con la bocca rivolta verso il basso in segno di disgusto. "Come un serpente".

"Diavolo, lo sai che abbiamo una sola possibilità. Non giudicarmi troppo duramente. Quello che stiamo facendo qui non è peggio di quello che abbiamo fatto a San Bonifacio. Te lo ricordi, vero Orso Bruno?".

"Lo so. Ricordo tutto, come quegli uomini hanno cercato di uccidermi e tu... mi hai salvato la vita, Reuben. Ti dissi allora che non potrò mai ripagarti per quello che hai fatto".

"Non cominciare a fare il sentimentale con me!" Ridacchiò e controllò la carica del suo fucile.

"E tu pensi di affrontarli con quel vecchio Henry? Pensi di poter causare molti danni con quello?".

"Questo vecchio Henry, come lo chiami tu", disse Cole accarezzando il blocco di ottone, "è una delle migliori armi da fuoco disponibili. Ha più di quindici anni e non mi ha mai deluso".

Grugnendo, Orso Bruno si costrinse a rivolgere la sua attenzione ancora una volta all'ampio spazio aperto che si estendeva davanti a loro, e al cavaliere che usava le redini per frustare il collo del suo cavallo, spingendolo a galoppare sempre più velocemente.

Cole, nel frattempo, mirò lungo la canna dell'Henry, tirò il fiato e aspettò che il soldato fosse praticamente di fronte. Premette il grilletto per far uscire un solo colpo.

Il proiettile colpì il terreno pochi centimetri davanti agli zoccoli anteriori del cavallo scalpitante, causando un urlo di terrore dell'animale che si allontanò bruscamente dal colpo di pistola incriminato. Un altro proiettile vide il cavallo impennarsi e disarcionarsi selvaggiamente. Il cavaliere, perdendo irrimediabilmente equilibrio, ebbe poco tempo per reagire e cadde pesantemente a terra, ma l'impatto fu forte. Rimase immobile, con gli occhi spalancati, lo shock e la paura che si mescolavano facendolo cadere in una sorta di stato catatonico.

"Prendi il suo cavallo", disse Cole, che stava già saltando dal grande masso e si muoveva con decisione verso il soldato tremante. Si guardò alle spalle e vide Orso Bruno in piedi, che scuoteva la testa.

"È esattamente quello che hai fatto quando mi hai salvato la vita. È come se fosse ieri".

Cole emise un lungo sospiro. "Prendi il cavallo, prima che si allontani troppo". Il cavallo del soldato stava già facendo del suo meglio per farlo.

Quando Orso Bruno finalmente reagì, Cole si avvicinò al soldato e si mise sopra di lui, mettendo un altro colpo nella canna del suo Henry. "Sei con Burroughs?" chiese semplicemente.

Da qualche parte all'interno dei suoi sensi maciullati, un barlume di comprensione attraversò gli occhi del soldato. Si accigliò e prese un'enorme boccata d'aria. "Chi..."

"Non agitarti troppo, figliolo. Non ti ucciderò". Sorrise, portando l'Henry sulla sua spalla. "Non ancora, comunque".

Sotto di lui, il soldato si contorceva ed emetteva piccoli rumori animaleschi. "Per favore", riuscì a dire.

"Devo sapere dov'è Burroughs. È l'unica cosa che mi interessa, niente di più".

"Ti porterò da lui".

Lentamente, Cole abbassò il fucile. *"Questa sì che è una buona decisione"*.

Si sedettero a sorseggiare il caffè mentre Orso Bruno toglieva le selle ai cavalli e li spazzolava con un panno ruvido.

"Allora, non sei mai arrivato al punto d'incontro?"

chiese Cole, senza mai abbandonare il giovane soldato che sedeva con il suo caffè tra le mani, a testa bassa, con il corpo che sembrava imploso in se stesso. Un uomo vicino al limite. Un uomo paralizzato dalla paura, o dal ricordo di essa.

Il soldato scosse la testa. "Non che sapessi che eravamo diretti lì. Burroughs non ha mai chiarito esattamente verso cosa stavamo cavalcando. Ho dato per scontato che fossimo andati ad arrestare dei ladri di cavalli".

Grugnendo, Cole finì il suo caffè e gettò i fondi nel piccolo fuoco che scoppiettava accanto a lui. "Mi sono imbattuto in due della tua truppa. Burroughs li ha mandati per me, credo. Non li rivedrà più".

"Sarebbero Ashton e Buller. Burroughs li ha mandati a cercarti". Cole annuì. "L'hai fatto per loro?"

"Non io. Un altro dei compari di Burroughs, un vecchio pazzo conosciuto come Spelling. Ne hai sentito parlare?"

"No, signore".

Studiando il giovane soldato, Cole intuì che le sue parole erano sincere. "Quell'uomo, Burroughs, è uno di cui non fidarsi, come senza dubbio ora capisci".

"Sì. Dopo aver visto quello che quei selvaggi avevano fatto ai miei amici, sono venuto sull'altura per vederlo in conversazione con altri di loro. Stava ridendo. La testa gettata all'indietro. Come tra amici".

"Era quello che si occupava del furto dei cavalli".

"Il loro capo?"

Cole annuì e vide il volto del soldato che si contorceva in una smorfia di rabbia a malapena contenuta. "Mettetemi nella sua direzione e gli servirò la giustizia che merita".

"Lo farò, non preoccuparti. Anche se devo tornare in quell'inferno da cui me ne sono andato. Il modo in cui hanno massacrato i miei amici..." Rabbrividì e scosse la testa.

"Burroughs ti ha usato, come ha usato molte persone. E ora, forse, ha senza dubbio mandato alcuni di loro all'inseguimento, per ucciderti. Non può permetterti di tornare al forte e dire al capitano Phelps quello che è successo".

"Sì, credo di sì. Sono scappato più in fretta che ho potuto dopo aver visto Burroughs con quei diavoli e ho visto quello che avevo colpito con la mia carabina vagare come un cieco. Credo che quando si sia ripreso, abbia detto a Burroughs quello che era successo".

"Beh, qualunque cosa abbia o non abbia detto, Burroughs non ha ancora mandato nessuno a cercarti. Sarebbero già qui, ma non ci sono. Quindi..." Allungò la mano e strinse l'avambraccio del giovane soldato. "Ma lo farà, quindi non abbiamo scelta".

"Lo so e l'ho accettato. E, sai cosa, non vedo l'ora di rivederlo, di fissarlo in faccia e guardarlo morire".

"Ho detto che gli avrei servito la giustizia, figliolo. Non una punizione".

"Sono la stessa cosa".

"Non sempre".

"In questo caso, lo sono".

Cole voleva acconsentire, ma qualcosa lo tratteneva. Non voleva dare al soldato la sua benedizione per uccidere Burroughs appena lo avessero raggiunto. Invece, grugnì di nuovo e si alzò. Si stiracchiò e lanciò un'occhiata a Orso Bruno. "Quanto tempo?"

Lo scout scrollò le spalle. "Una volta annaffiati, buttato giù dell'avena... Un'ora".

"Per allora sarà notte". Cole guardò il soldato. "Sei sicuro di essere pronto per questo?"

"Assolutamente".

"E come ti chiami - se dobbiamo cavalcare insieme, dobbiamo presentarci. Io sono Cole".

"Piacere di conoscerti, Cole. Mi chiamo Nolan. Tobias Nolan, soldato della cavalleria degli Stati Uniti".

"Quello laggiù è Orso Bruno".

Nolan si accigliò. "È un indiano. Come mai cavalchi con un selvaggio?".

"Figliolo, è uno scout. Un uomo. Meglio che te lo ricordi quando inizierà la sparatoria".

"Quelli che hanno ucciso i miei amici erano come lui. Come ti aspetti che mi senta? Sono tutti uguali".

"Come lo sono i bianchi, suppongo?"

"Eh?"

Facendo girare la lingua nella bocca, Cole si allontanò e sputò per terra. "Credimi, figliolo, ho incontrato gente bianca molto peggiore di qualsiasi cosiddetto selvaggio. Il tuo sergente Burroughs è solo un esempio. Ce ne sono molti altri".

"Anche se è così, tutto quello che posso dire è: tienilo ben lontano da me. E non dietro di me".

"Figliolo, se continui a parlare così perderai qualche dente. Ora fai silenzio, bevi il tuo caffè e pensa a chi è stato a metterti in questo casino in primo luogo".

"So chi è stato".

"Bene. Allora, ricorda a te stesso che non era un indiano".

Nolan, ancora rannicchiato, sembrò affondare ancora di più il collo nel petto e non offrì altri commenti, il che per Cole fu un sollievo. Si sentiva stanco e il pensiero di rompere la mascella del patetico piccolo soldato non lo riempiva di troppa gioia.

CAPITOLO QUINDICI

Burroughs stava in piedi tra i morti nel fiume, con le mani sui fianchi, immerso nei pensieri. Al mattino presto, l'accampamento veniva da una lunga notte di sonno. Mangiavano la colazione avidamente, ma Burroughs non vi aveva preso parte, preferendo sedersi lontano dagli altri e godersi una tazza di caffè bollente. Ora, con l'avanzare del giorno, guardava i corpi dei suoi ex compagni senza un barlume di coscienza. Non era la loro morte a preoccuparlo. Era vagamente consapevole delle persone che si muovevano intorno a lui, ma fu solo quando una mano scese sulla sua spalla che si mosse e girò la testa di scatto. Davanti a lui c'era un individuo bruno, vestito con una giacca nera, pantaloni gessati e stivali da equitazione al ginocchio. Portava due pistole. Chiunque lo guardasse, tuttavia, non poteva non essere attratto dalla caratteristica più prominente dell'uomo. Sull'occhio destro portava una benda. Dal bordo più basso, una virulenta cicatrice rossa correva lungo il lato del viso fino all'angolo della bocca, ora contorta in una parodia di sorriso. "Se n'è andato. Non ha senso preoccuparsene ora".

"Informerà il forte, dirà loro cosa è successo".

"E allora? Quando arriverà e convincerà il vostro

comandante a mandare un'altra truppa, noi saremo già oltre il confine a bere tequila e a contare i nostri soldi".

La voce dell'uomo aveva un forte accento. Era messicano, e non era l'unico. Tra la banda di individui disparati che si aggirava lì, insieme a un gruppo di messicani dall'aspetto violento, c'erano indiani, americani e uno scozzese. Burroughs, considerandoli da lontano, non ricevette alcun conforto dalla loro presenza. È vero che loro, specialmente gli indiani, avevano dimostrato il loro coraggio, ma sapeva bene che non ci si poteva fidare di nessuno di loro. Dubitava fortemente che sarebbe stato vivo per bere quella tequila. Non appena avesse concluso l'accordo con le autorità messicane, chiunque di loro gli avrebbe tagliato la gola. Se voleva sopravvivere, avrebbe dovuto fare la sua mossa non appena avessero attraversato il Rio Grande e ucciderli tutti.

"Sì", disse, distogliendo lo sguardo dall'occhio scrutatore dell'uomo bruno, "hai ragione. Ma vorrei che l'avessimo ucciso prima che riuscisse a scappare". Tirò un sospiro, tenendo ben nascosti i suoi sentimenti. O almeno così sperava. Quest'uomo, Javi El Torre, come era conosciuto, era probabilmente il più pericoloso di tutti.

"Ce ne andremo", disse El Torre, rotolando le spalle, e tirando fuori un sigaro nero dal cappotto. "Arriveremo al confine in altri due giorni. Non possiamo far correre troppo i cavalli".

"Sono ben sorvegliati?"

El Torre inarcò un solo sopracciglio e accese il sigaro. "Mi prendi per un idiota, *amigo*?"

"Certo che no, stavo solo..."

"Non preoccuparti della mia competenza, *amigo*. I cavalli sono al sicuro e i miei vaqueros fanno bene il loro lavoro. Devi fidarti di me, *amigo*".

"Certo, Javi. Certo che mi fido. Sei stato tu a prendere quei cavalli, e non è la prima volta. Sei stato un buon compagno per me, ma questa deve essere l'*ultima* volta. Ora sono compromesso. Spero che tu capisca".

"Sì, *amigo*, certo che capisco". Un'altra stretta e questa volta il suo sorriso fu più ampio, il sigaro stretto tra i suoi denti bianchi e regolari. "Abbiamo fatto bene, abbiamo guadagnato bene. Meglio che rapinare banche". Ridacchiò tra sé e si allontanò, chiamando gli altri a montare in sella e ad andarsene. Burroughs guardò e si chiese cosa avrebbe potuto riservare il futuro. Forse non sarebbe nemmeno arrivato al confine, perché El Torre credeva che solo lui avrebbe potuto negoziare un accordo migliore con i *Federali*. Se così fosse stato, allora Burroughs avrebbe dovuto fare la sua mossa prima di quanto aveva previsto. El Torre avrebbe sempre agito nel suo interesse. Se credeva di non avere più bisogno di Burroughs, allora avrebbe colpito.

Inconsciamente, la mano di Burroughs si spostò verso la Colt Cavalry al suo fianco.

Erano più di dodici. Lui, invece, era solo. Le scelte ora erano improvvisamente molto limitate, e dentro di sé gemeva alla prospettiva della violenza che ne sarebbe scaturita, per quanto necessaria potesse essere.

"Ehi, *amigo*", gridò la voce di El Torre e Burroughs si voltò per vedere il messicano già a cavallo, che faticava per tenere fermo l'animale. "Dobbiamo andare. *Vamos!*"

Grugnendo, Burroughs annuì, si mosse verso il suo cavallo e vide i due uomini in piedi vicino, ognuno con il Winchester in mano. Il suo cuore quasi si fermò. Era questo il momento? Rallentò, misurando ciascuno degli uomini silenziosi e immobili, e lasciò penzolare la mano accanto alla sua Colt. Molto tempo prima aveva tagliato via la linguetta regolamentare della fondina, lasciando la pistola sempre pronta all'uso.

A sei passi dagli uomini, si fermò.

"Cos'è questo?", disse.

Nessuno dei due si mosse. Sembrava che stessero

aspettando una specie di segnale. Forse da El Torre. Burroughs respirò cercò di calmarsi.

Avvicinandosi a piedi, Cole e Nolan si arrampicarono sui numerosi affioramenti rocciosi, tenendosi bassi, con le carabine pronte. Raggiungendo l'altura, avevano una vista ininterrotta dell'accampamento. Un gruppo di indiani, insieme a un gruppo di individui dall'aspetto rozzo, si stavano preparando a muoversi. Un uomo magro, vestito di nero, stava in disparte, fissando intensamente un altro gruppo. Due cavalieri, con le pistole nelle mani guantate di pelle, si trovavano a una mezza dozzina di passi da un altro che dava le spalle a Cole e al suo socio.

"Quello è Burroughs", sibilò Nolan e portò immediatamente la sua carabina alla spalla. Immediatamente, Cole afferrò il braccio del giovane soldato. Nolan girò la testa di scatto. "Cosa? Ti ho detto che lo ucciderò!"

"E io ti ho detto che lo portiamo dentro".

"No. Deve morire". Nolan strattonò il braccio. "Dopo quello che ha fatto, se lo merita". Chiudendo un occhio, guardò con l'altro lungo la canna, con l'indice destro che si arricciava intorno al grilletto.

Cole batté il palmo della mano sul braccio di Nolan, facendo sobbalzare il giovane soldato a sinistra. La carabina partì, e il colpo riecheggiò in tutta la pianura. Imprecando, Nolan si sforzò di girarsi, ma Cole fu più veloce e gli sferrò un forte pugno sulla mascella. Nolan grugnì e crollò, smise di voler lottare quasi subito ma, quando Cole guardò di nuovo il campo, vide fin troppo chiaramente che le cose stavano già cambiando.

Un singolo colpo risuonò. Burroughs si abbassò istintivamente, si girò e guardò dove credeva fosse partito il colpo. Con la coda dell'occhio, vide i due uomini armati che si muovevano, piegati in basso e, cogliendo l'occasione, si lanciò nella loro direzione, con la Colt in mano. Sventagliò il cane, facendo cadere su entrambi gli uomini una raffica di proiettili. Poi, senza aspettare alcuna reazione da parte di El Torre o di chiunque altro, si precipitò verso un possibile nascondiglio.

Tuffandosi in un cespuglio di ginestre, una pallottola sfrecciò rovente sopra la sua testa, facendogli sapere cosa El Torre aveva in serbo per lui. Rotolando sul terreno, si mise dietro un masso e cercò a tentoni dei proiettili freschi nella piccola valigetta di pelle dura che aveva alla cintura. Sostituendo le cartucce esaurite, fece roteare il cilindro e fece del suo meglio per ricomporsi, concentrandosi a calmare il respiro mentre ascoltava e cercava di valutare la direzione da cui i suoi aggressori si avvicinavano.

El Torre fece segno ai suoi uomini di sparpagliarsi su entrambi i lati, cosa che fecero senza discutere. Fiduciosi del loro numero, si mossero con una fluidità spaventosa, saltando sui massi, aggirando i cespugli rotti, sfrecciando da una parte all'altra. Mentre premevano verso la loro preda, El Torre avanzava inesorabilmente con apparente disprezzo, quasi come se sfidasse Burroughs a uscire e affrontarlo. Pistola in mano e denti serrati in un ghigno maniacale, era così intento nella sua avanzata che non considerava nessun altro risultato se non quello che desiderava: la morte di Burroughs. Anche quando il primo colpo fece cadere uno dei suoi uomini, non si fermò. Un secondo proiettile colpì un giovane indiano e lo fece volteggiare in una specie di danza grottesca e un terzo colpo ne abbatté un altro, colpendolo alle budella, facendolo cadere in avanti, con il sangue che pompava tra le dita da dove aveva l'orribile ferita. Solo allora El Torre si fermò, a bocca aperta, senza capire nulla di tutto ciò. Le pallottole non venivano da Burroughs!

Anche quelli rimasti si fermarono. Disorientati e confusi, perlustrarono i dintorni, con le pistole pronte, ormai la loro precedente sicurezza si stava rapidamente erodendo, la loro certezza non era che un ricordo. La paura sostituì la loro arroganza e mentre si accovacciavano, tremando, senza sapere da che parte girarsi, Burroughs si alzò da dietro la sua copertura e la sua pistola fece fuoco.

In pochi secondi, altri colpi di pistola esplosero da qualche parte al di là di quell'area. Gli uomini caddero, spruzzando sangue, e presto quelli illesi corsero via, lasciando El Torre da solo.

Inserendo altri proiettili nella sua pistola, Burroughs avanzò verso il suo antagonista vestito di nero. Non preoccupandosi più del resto, sapeva che l'unico pericolo che si trovava ad affrontare ora, l'unico pericolo che ci fosse mai stato, era El Torre. Ed era proprio lui che aspettava. Sorridendo.

"*Amigo*", disse, "hai un amico da qualche parte, credo. Sei intelligente, ma sai cosa, morirai comunque". Ridacchiò.

Burroughs colse l'occasione e tirò fuori la sua Colt. Sapeva di essere bravo, meglio di quanto quei pistoleri avessero mai saputo. Lo avevano sottovalutato, credendolo un ottuso, un cavaliere consumato con poche capacità di tiro. Se si fossero sbagliati, sarebbero morti e anche El Torre sarebbe morto. La sua arroganza non conosceva limiti.

Ma se qualcuno stava sottovalutando il suo avversario, quello era Burroughs in quel momento. Si mosse il più velocemente possibile, ma non fu abbastanza veloce contro El Torre, che sparò alla pistola dalla mano di Burroughs, quasi frantumando il polso destro del sergente. Gridando di dolore, Burroughs si accasciò, aggrappandosi all'arto offeso, con il sangue che gli sgorgava tra le dita.

"Sei un pazzo, *gringo*", ringhiò El Torre, avvicinandosi, con quel fastidioso sorriso stampato sulla faccia come un chiodo fisso.

Burroughs alzò la testa, le lacrime gli bruciavano gli occhi e, consumato da un misto di rabbia e disperazione, ringhiò: "Che tu sia maledetto, El Torre. Mi fidavo di te".

"Come ho detto, sei uno stupido". Scrollando le spalle e alzando la mano con la pistola.

"Aspetta, ragazzo".

Le parole, pronunciate in un tono basso e pericoloso, fecero vacillare El Torre. Si fermò, si voltò e vide un uomo in piedi, con i piedi leggermente divaricati, una carabina a ripetizione Henry tra le mani. Questo sconosciuto sembrava più che competente e qualcosa nel suo contegno, l'intensità del suo sguardo, fece balenare un'incertezza sul volto di El Torre. Il sorriso si placò e quando parlò, i toni sicuri di sé erano spariti, sostituiti da un'emozione che non aveva più provato da quando era bambino. La paura. La sua voce, densa di paura, faticava a formare le parole. "Quindi... questo è il tuo amico, *gringo*? Quello che uccide la gente senza essere visto, come un'ombra?"

Da Burroughs non proveniva nulla, tranne che dei gemiti straziati dal dolore. Dallo straniero con l'Henry, un lungo sospiro.

"Arrenditi, ragazzo e getta la pistola".

El Torre scosse la testa. Forse aveva paura, ma il suo orgoglio era il più forte. "Non posso farlo".

Un lungo momento di silenzio tra loro prima che lo straniero dicesse, con un'emozione simile alla delusione: "Lo so".

Ci fu qualcosa tra loro. Quella conoscenza invisibile e intuitiva che un pistolero ha per l'altro. L'esperienza condivisa per il mestiere di uccidere.

La mano della pistola di El Torre si alzò in un lampo e l'Henry abbaiò, il primo proiettile colpì il messicano al petto, scagliandolo all'indietro, il secondo gli sfondò il cranio, spegnendo la sua vita prima che toccasse terra.

Una quiete si impadronì di tutto e persino Burroughs smise di gemere.

Attraverso gli occhi pieni di dolore, guardò Cole che si avvicinava. "Dovresti essere morto", sibilò.

"Mi dispiace deluderti", disse Cole. "Ora, trova il tuo cavallo e muoviamoci".

"Non vado da nessuna parte con te". Facendo una smorfia, alzò la mano sanguinante. "O con questo".

"Oh, sì che lo farai", disse Cole con un sorriso. "Altrimenti potrei lasciarti qui a morire dissanguato, come cibo per gli avvoltoi, o", gesticolò verso i resti in frantumi di El Torre, "perché i suoi amici facciano di te ciò che vogliono. In ogni caso, farà male".

Non ci volle molto perché Burroughs decidesse quale fosse la scelta migliore.

CAPITOLO SEDICI

Seduto nel salone praticamente deserto, Cole allungò le gambe sotto il tavolo e guardò nel suo bicchiere di whisky. Si mosse appena quando le porte ad ali di pipistrello si aprirono, permettendo al suono distante di una banda di ottoni di entrare dall'esterno. Dopo una leggera pausa, il rumore costante degli stivali col tacco sul pavimento di legno annunciò l'avvicinarsi di qualcuno. Si fermarono proprio davanti a dove Cole era seduto e finalmente alzò lo sguardo. Julia stava lì come se fosse appena uscita da un quadro, vestita con un abito blu polvere e una cuffietta abbinata. Faceva roteare delicatamente un ombrello rosa con motivi floreali tra i palmi delle mani, e sembrava che si stesse preparando per una passeggiata domenicale al sole. Ma anche se questa era una domenica e il sole splendeva, l'idea di una passeggiata non era qualcosa che qualcuno avrebbe considerato quel giorno.

Inclinò la testa e sospirò. "Non vai all'impiccagione?"

Con uno sguardo torvo, Cole considerò di nuovo il suo drink prima di buttarne il contenuto in gola. Sussultò, sbatté il bicchiere ormai vuoto sul tavolo e scosse la testa. "Ho già visto tutto prima".

"Non Burroughs". Si accomodò sulla sedia di fronte

all'esploratore, facendo attenzione a non sgualcire il suo bel vestito.

"Non sarà diverso da tutti gli altri", ha detto Cole. "Dirà qualche parola sprezzante, poi il suo collo si spezzerà, la folla applaudirà e sarà tutto finito".

"Hanno quella canaglia di Spelling lassù sulla forca con lui. Non appena la folla avrà smesso di cantare i suoi inni e il padre avrà parlato, morirà. Voglio vederlo".

"Non pensavo potessi essere così dura, Julia".

"Non è durezza, Reuben. Mi hanno portato via tutto. È giustizia".

"Non c'è bisogno di guardarlo per sapere che viene fatto".

"Beh, sento che dovrei, ecco tutto. Speravo che tu potessi accompagnarmi. Roose sarà lì, insieme al capitano".

Cole chiuse gli occhi per un momento prima di sollevarsi dalla sedia. "Molto bene, ti accompagnerò, visto che me l'hai chiesto così gentilmente".

"Sei tu che sei difficile, Reuben". Sospirando, si alzò ma, per qualche motivo, non riuscì a guardarlo negli occhi. "Anche tu sei cieco".

Con questo, si girò e se ne andò, con Cole diversi passi dietro, accigliato, che si domandava cosa volesse dire.

La folla riunita, piena di aspettative, sorrisi radiosi, mani che si strofinavano, entusiasta, alzò la voce e cantò i versi del grande favorito "Abide with Me". Spingendosi verso la prima fila, Julia era risoluta, come se avesse una missione, e Cole si trovò a dover trotterellare per starle dietro. Alla fine, arrivata davanti alla folla riunita, aprì il parasole e guardò il patibolo.

"Non è qui", disse mentre Cole si avvicinava alla sua spalla. Le sue parole erano vere. Spelling stava in piedi, facendo una figura patetica e avvizzita, con la testa bassa, pallido, avvizzito e tremante. Sembrava l'ombra dell'insensibile assassino che Cole aveva incontrato a Rickman City. Lui la guardò. "Burroughs", aggiunse lei alla sua domanda silenziosa.

"Lo sarà presto".

"Lo spero. È lui che sono venuta a vedere penzolare".

"Julia, questi sentimenti... posso capirli, ma la vendetta, spesso è un vaso vuoto".

"Un cosa?" Il suo viso si girò di scatto per incontrare quello di lui. "Un vaso?"

"Sì. Un vaso. Come un..."

"So cos'è, Reuben Cole. Il mio non è certo vuoto. Sono piena di odio per quell'uomo e per quello che ha fatto".

"Sì, lo so, ma dopo... Julia, quello che ha fatto, quello che ha ordinato, era sbagliato, certo che lo era, ma ti sta consumando".

"Non lo farà ancora per molto". Guardò di nuovo la piattaforma rialzata e studiò Spelling. "È sporco", disse con disgusto.

"La maggior parte lo è".

"Hai assistito a molte esecuzioni allora?"

"Ne ho viste abbastanza, Julia, sì. Non c'è niente di appagante in tutto questo".

"Ma devono essere puniti. Di questo non si può discutere".

"No, è vero. È necessario. Non significa che mi debba piacere, però". Incrociò il collo per osservare la folla. "Mi chiedo dove sia Sterling".

Lei si unì a lui nella ricerca dell'amico intimo di Cole. Alto com'era, Sterling Roose sarebbe stato facile da individuare, se fosse stato lì. "E il capitano".

Una sensazione di disagio crebbe dentro Cole, diffondendosi lentamente ma inesorabilmente lungo la sua spina dorsale. "Dovrebbero essere qui. Avrei pensato che sarebbero stati accanto a quelle due canaglie, a prepararle per la consegna".

Si scambiarono un'occhiata prima che Cole si spingesse tra la folla e si dirigesse verso la guardia ai piedi della scalinata che portava alla forca. La sola risposta che ricevette dalla sua domanda fu un'alzata di spalle. Infuriato, il suo disagio era ormai insopportabile, si allontanò e fece segno a Julia di seguirlo.

Il loro progresso era dolorosamente lento, nessuno voleva cedere il passo nonostante l'ovvia disperazione di Cole. Quando un individuo particolarmente ostinato sporse la mascella, rifiutandosi di spostarsi, Cole lo afferrò per le braccia e lo gettò di lato. Qualcuno aveva urlato, altre voci avevano espresso la loro indignazione. Ignorandoli tutti, Cole si fece strada a gomitate, la folla ora era più indulgente. Un grido da dietro lo fece girare in tempo per vedere Julia che affondava il tacco del suo stivale sul collo del piede dell'uomo ostinato. Mentre lui saltellava, Julia lo spinse da parte e lui cadde tra una massa di braccia e gambe indignate. Sorridendo nonostante la situazione, Cole abbassò la testa e si spinse in avanti fino a quando, finalmente, arrivò alla fine della folla riunita e si mise a correre.

La porta della prigione era aperta e Cole, rallentando, estrasse istintivamente la sua pistola.

Julia quasi sbatté contro la sua schiena. Senza fiato, ansimò: "Cosa c'è? Che cosa è successo?"

Entrando, Cole osservò il caos di ciò che restava della scrivania rovesciata, le due sedie, le chiavi, i poster, tutto sparso sul pavimento.

Sentì Julia urlare, ma la sua attenzione fu attirata dai corpi a terra.

Solo uno di loro respirava.

CAPITOLO DICIASSETTE
1875

Il suo stomaco brontolava forte. Aveva solo il caffè a sostenerlo e anche quella scorta era quasi finita. Sospirando, finì i resti dalla tazza di latta e guardò nelle profondità del piccolo fuoco del campo.

I ricordi di Julia e di quello che era successo con Burroughs percolavano molto più efficacemente del caffè che aveva preparato. Il sapore, tuttavia, si rivelò altrettanto amaro.

Burroughs era riuscito a fuggire, uccidendo il capitano e lasciando Sterling Roose con un occhio nero e la mascella gonfia. Come il sergente ci fosse riuscito senza aiuto era un mistero. Comunque avesse fatto, aveva ucciso Phelps, ma non Roose. Ancora un altro mistero. Cose a cui ancora non aveva risposte. Incensurata, Julia aveva pregato Cole di andarlo a cercare, di riconsegnarlo alla giustizia e, dopo essersi assicurato che Roose sarebbe stato curato dal medico del forte, Cole aveva accettato. L'avrebbe fatto comunque, ma lo sguardo di lei era l'unico incoraggiamento di cui aveva bisogno. Lei aveva catturato il suo cuore e lui sapeva che qualsiasi cosa lei avesse voluto, lui avrebbe fatto del suo meglio per renderla tale.

Anche se questo includeva l'omicidio.

Allungò le gambe e sbadigliò. Tutto questo era qualche anno prima, ormai. Strano, rifletté, come le immagini gli tornassero così facilmente alla mente, il suono della voce di lei che scorreva come dolce acqua di sorgente in lui. Poteva essere che queste due cacce all'uomo fossero così simili? Si chiese se la fine potesse essere la stessa. In qualche modo, ne dubitava.

Con l'attuale caccia ben avviata, spinse in fondo alla sua mente ciò che era successo in quel momento memorabile. Quei momenti nelle pianure, a caccia di Burroughs, lo avevano cambiato, trasformandolo nell'uomo che era diventato. Ed era stato quel cambiamento a portarlo qui.

Dopo aver impacchettato il suo misero accampamento, cavalcò attraverso il campo aperto, con i sensi all'erta. Sapeva che stava guadagnando terreno su di loro, la loro sicurezza era la loro rovina. Non pensavano che un solo uomo sarebbe stato così avventato da affrontarli. Ma nessuno di loro aveva mai incontrato un uomo come Reuben Cole. Un uomo in missione. Un uomo capace di così tanto.

Lo stesso giorno, sul tardi, si imbatté in un carro della prateria smontato. Mancava la copertura di tela, una ruota anteriore si era staccata dall'asse, il contenuto del carro all'interno era sbiancato per il sole impetuoso. I cavalli erano spariti da tempo. Presi dalla stessa banda che aveva massacrato quegli sfortunati contadini.

E ora questo.

Quattro cadaveri, sparsi sul terreno, gli stomaci squarciati, gli intestini tirati fuori, già cibo per gli avvoltoi, che si sparpagliarono all'avvicinarsi di Cole, urlando le loro proteste, i becchi grondanti di sangue e carne lacerata. Si appollaiarono vicino, su un ramo fragile di un albero appassito, guardandolo. Fece fermare il cavallo, allungando la mano dietro di sé per estrarre il Winchester dal fodero. Aveva sostituito a malincuore il suo vecchio e temibile Henry qualche mese prima, ma questo nuovo modello si era dimostrato all'altezza.

Perlustrando i dintorni, stimò che erano passate una mezza dozzina di ore dall'attacco. Un sorriso ironico. Li stava raggiungendo.

Scendendo dalla sella, esaminò il corpo più vicino. Un giovane ragazzo, forse tredici anni. Non era insolito che un simile individuo venisse preso come schiavo, che venisse allevato come un coraggioso, che gli si insegnasse a combattere in modo che negli anni a venire sarebbe stato un beneficio per l'intera tribù. Ma questo aveva già combattuto. Cole vide i resti di polvere da sparo sul suo pugno destro. In mano aveva una buona pistola, una vecchia Colt Navy. Qualcosa accanto a lui, e l'atteggiamento del ragazzo morto, portarono un singhiozzo strozzato alla gola di Cole. Gli avevano sfondato il cranio, gli avevano tagliato lo scalpo e gli avvoltoi avevano fatto il resto.

Gli altri non se la passavano meglio. Una madre, un bambino di non più di tre mesi stretto al petto, con i denti in vista, una freccia in testa, un'altra piantata in profondità nel suo corpo. E, cosa ancora più orribile, una anche nel bambino.

Cole scalciava la terra, desiderando che i predoni fossero lì adesso, mentre le lacrime gli scorrevano sul viso.

Il padre aveva preso posizione. Gli avevano tolto il fucile dopo la sua morte, una carabina a ripetizione a giudicare dall'ammasso di proiettili spenti che giacevano nella terra accanto a lui. Il loro padre forte e affidabile. L'uomo che li avrebbe protetti, che avrebbe dato loro la forza di andare avanti mentre attraversavano questa terra dura e spietata. Aveva fatto del suo meglio, ma aveva fallito, come molti altri. Reso rigido dalla paura, probabilmente aveva sparato quei colpi meccanicamente, senza pensare, nel disperato tentativo di respingere i suoi aggressori. E aveva fallito. Ogni colpo.

Si erano abbattuti su di lui come bestie selvagge, i loro coltelli e le loro accette lo avevano tagliato come carne per il brodo. Non era rimasto nulla del suo viso, tutto sparito, consumato dagli uccelli.

Cole si accasciò a terra e pianse apertamente, senza trattenere nulla.

Perché i pellegrini percorrevano ancora questa terra? Erano le bugie che il governo aveva venduto loro, che le aree tribali erano state addomesticate, che i brutti giorni erano ben lontani? Quei rompiscatole non sapevano nulla delle evasioni, dei gruppi di Comanche che continuavano a dominare le pianure del sud, pieni di odio per i Bianchi, per coloro che non avevano portato altro che malattie e privazioni nelle loro vite e cercavano di porre fine al loro antico stile di vita?

Nessuno può biasimare i Comanche, o qualsiasi altra grande tribù, per la loro reazione.

Ma nessuno poteva giustificarlo, perché l'estensione della violenza era oltre ogni immaginazione. Testimone di tante cose, Cole si trovò ancora una volta sopraffatto dalla disperazione di tutta la situazione. Quella terra era sicuramente abbastanza grande perché tutti potessero vivere in armonia, se mai un estraneo avesse scelto di viverci. Infatti, mentre gli indiani lottavano per sopravvivere e avevano successo, i bianchi semplicemente non potevano farcela. Le temperature estreme, la mancanza di risorse, di cibo, di acqua. Gli indiani avevano vissuto qui per mille anni e più. Conoscevano ogni granello di sabbia, ogni contorno, ogni pozza nascosta. Una dozzina di generazioni di lotta e fatica. Ma appena usciti dal Kansas, o ancora più a est? Nient'altro che sogni di un futuro più luminoso a guidarli. Dov'era il senso di tutto ciò?

Non c'era. E questa famiglia aveva pagato il prezzo

più alto. Proprio come quegli altri, nella loro fattoria. Assassinati. Lasciati a marcire. Senza senso.

Gli ci vollero quasi tre ore per seppellirli. Per tutto il tempo, gli uccelli lo osservarono, gli occhi itterici che scrutavano ogni dettaglio, forse memorizzandolo per un riferimento futuro. Cole faticò comunque, spogliato fino alla vita, fermandosi solo per bere occasionalmente dalla sua borraccia. Usò una vanga dal carro rotto e avvolse i corpi nelle coperte prima di metterli nelle buche che aveva scavato. Il sole picchiava con la sua furia implacabile e lui sentiva le spalle bruciare. Era un uomo forte, e tuttavia i suoi muscoli urlavano per lo sforzo, il padre si rivelò il più goffo e il più macabro da seppellire. Ma niente poteva essere paragonato alla posa del piccolo bambino accanto alla madre.

Con il duro lavoro finalmente finito, Cole si appoggiò sulla vanga, chiuse gli occhi e pronunciò alcune parole tratte dalle lezioni di scuola domenicale che ricordava a malapena. Alla fine, si arrese e pronunciò una frase più simile a ciò che provava. "Dio li faccia riposare", disse, si asciugò la fronte, si tirò su la camicia e li lasciò nelle loro tombe senza nome.

Non si voltò indietro.

CAPITOLO DICIOTTO

Cavalcò duramente e non si accampò fino a tardi. Cercò deliberatamente un'altura e accese il fuoco. Accatastando mucchi di legna secca, legò il cavallo e si mise comodo tra le rocce. Era stanco di inseguirli. Il tempo dell'azione era ormai passato da un pezzo. La sua speranza era che venissero a prenderlo nel cuore della notte. Ma non lo fecero, ed egli passò la maggior parte del tempo rannicchiato, infreddolito, miserabile, così che quando il sole illuminò il nuovo giorno, il suo corpo soffriva come se fosse stato pressato attraverso un mulino da grano.

A corto di razioni, si rimise in cammino con lo stomaco vuoto, il cui brontolio era più forte del tuono lontano che risuonava tra le montagne. Girò il viso verso di loro e desiderò, con tutto quello che aveva, di essere lì in mezzo, a combattere contro gli elementi, perché quello che doveva affrontare ora era molto, molto peggio.

La fame, che gli rodeva la pancia, e l'acqua, che sapeva di ghiaia. Si costrinse a bere un piccolo sorso ogni ora circa, rallentò il cavallo e cercò di liberare la mente. Si rivelò impossibile. Aveva messo da parte il buon senso nel suo desiderio di punire. Avrebbe dovuto prestare attenzione al consiglio di Sterling, ma non

IL CACCIATORE

l'aveva fatto, e così si mise a guardare dritto davanti a sé, deciso a fare ciò che sapeva di dover fare, a prescindere dagli ostacoli sul suo cammino.

Un'unica corrente di fumo grigio aleggiava dalla guglia di legno di una chiesa solitaria, che si trovava tra un gruppo di piccoli edifici abbandonati. L'ennesima cittadina abbandonata, lasciata a marcire quando l'oro o l'argento erano finiti. Cole, sdraiato sull'orlo di uno sperone roccioso, lo studiò attraverso il binocolo da campo dell'esercito. Tre cavalli erano legati all'esterno, insieme a due muli da soma. Questi non erano i razziatori Comanche a cui dava la caccia. Sapeva che avrebbe dovuto evitare qualsiasi cosa che potesse distoglierlo dalla sua missione e andare avanti, completare il lavoro sanguinoso che si era prefissato. Ma la traccia che aveva trovato sembrava suggerire che i predoni fossero passati di qui; tuttavia, i segni si erano confusi con un'altra cosa. Mentre i predoni sembravano aggirare bene la città vecchia, un altro sembrava dirigersi direttamente verso il centro. Inoltre, gli faceva male la pancia e, convincendosi di poter barattare del cibo, anche qualche manciata di biscotti, decise di far fruttare la deviazione.

Così, cavalcò fino aquel piccolo posto, rallentando fino a camminare quando si avvicinò alla chiesa.

Tirando le redini, legò il suo cavallo a un ceppo appeso di palo per l'autostop e rimase in piedi, ascoltando il minimo rumore. Non sentendo nulla, tirò fuori il Winchester e si spinse su per i gradini traballanti fino all'ingresso. Le assi scricchiolarono sotto i suoi piedi, mettendo da parte ogni speranza di un ingresso silenzioso. Trattenendo il respiro, si abbassò sulla maniglia della porta e la aprì.

Era pronto a muoversi, e stava già schivando alla sua sinistra quando il primo proiettile sfrecciò nell'aria, a pochi centimetri da dove si trovava. Appiattito contro il muro adiacente, mise un colpo nella canna del Winchester. Un secondo proiettile sbatté contro il legno, costringendo Cole a cadere su un ginocchio mentre gridava: "Non sparate, non sono qui per farvi del male!"

Se sperava che le sue parole potessero placare altri spari, si sbagliava. Altri tre proiettili squarciarono il muro, mandando una pioggia di schegge sopra la sua testa. Ruppe la copertura e corse, piegato in due, attraverso la porta aperta verso l'altro lato e non si fermò finché non raggiunse l'angolo anteriore della chiesa. Qui, molti degli altri edifici si stringevano, ma non riusciva a vedere alcun movimento in nessuno di essi. Vuoti anneriti punteggiavano i loro muri, porte che pendevano da cardini rotti, finestre marce e vicine al crollo. Nessuno aveva abitato questo posto per molti anni. Tuttavia, qualcuno aspettava all'interno della chiesa ed era intenzionato a fargli del male.

Cole diede un'occhiata allo stretto vicolo che separava la chiesa dal resto delle strutture. Non c'era nessuno. Dall'altra parte, sull'altro lato, c'erano i cavalli e i muli che aveva intravisto dal binocolo. Lo fissavano, disinteressati nonostante la sua improvvisa apparizione.

Ad un esame più attento notò che solo uno dei cavalli era sellato. Gli altri due erano a schiena nuda, dall'aspetto magro, mentre i muli erano carichi di diversi grandi sacchi, diversi rotoli di coperta e un assortimento di pentole e padelle. Accigliato, Cole si chiese cosa significasse tutto ciò. Scrollandosi di dosso gli oscuri pensieri che si stavano sviluppando nella sua testa, si fece strada lungo il lato della chiesa, con i sensi all'erta, aspettandosi da un momento all'altro di essere assalito da una raffica di spari.

Il passaggio si rivelò lungo, la chiesa era un grande edificio, e pochi raggi di sole riuscivano a penetrare le ombre profonde proiettate dal muro torreggiante lungo

IL CACCIATORE

il quale camminava. Verso la fine del corridoio, Cole fu attratto dalla vista ininterrotta che si apriva davanti a lui. Rimase senza fiato. La vastità e la bellezza di quella terra non smettevano mai di lasciarlo senza fiato. Poteva credere che i suoi sentimenti verso di essa rasentassero lo spirituale, ma in quel momento aveva qualcos'altro a occupare i suoi pensieri mentre una nuvola di polvere si muoveva inesorabilmente verso di lui.

Si immerse di nuovo nell'ombra, chiedendosi cosa potesse fare. Di fronte a lui lo scheletro di quello che sembrava essere un vecchio negozio di qualche tipo gli fece un cenno. Lo raggiunse e si infilò attraverso la porta fragile. Guardando in alto, il sole entrava attraverso la fessura dove una volta c'era il tetto. Intorno a lui c'era una massa aggrovigliata di mobili rotti, tavoli rovesciati, sedie, armadietti sfondati, e una moltitudine di vetri in frantumi, pentole rotte e, negli angoli, mucchi di quella che sembrava avena, avidamente consumata da topi grassi e impavidi. Inghiottendo la sua repulsione, Cole si fece strada tra i detriti fino a raggiungere un'entrata posteriore. La aprì e si ritrovò in un'altra strada laterale. Questa volta si trovava di fronte a meno edifici, ma uno sembrava più consistente degli altri. Un saloon, a quanto pare. A testa bassa, si precipitò verso di esso e passò attraverso le doppie porte ad ali di pipistrello, facendo un rollio in avanti per avere un certo vantaggio se qualcuno si fosse appostato all'interno.

Si fermò dietro un tavolo solido e respirò a lungo. Intorno, una torbidezza grigia, la polvere che vorticava come una nuvola di nebbia unita al fetore di decadenza.

E qualcos'altro.

Il pianto di un bambino.

CAPITOLO DICIANNOVE

Non era molto più di un mucchio di stracci, la sua piccola struttura si perdeva tra i vestiti sudici. Un viso bianco, con la pelle così sottile che il cranio sporgeva in modo allarmante, scrutava Cole mentre l'esploratore si avvicinava, con un braccio teso, sussurrando: "Non avere paura...".

Ma il bambino era molto più che spaventato. Terrorizzato, si rannicchiò, strisciando sul sedere più a fondo nell'ombra. Lì, nell'oscurità, con i suoi enormi occhi sporgenti che fungevano da fari, riprese a piagnucolare, un suono triste come quello di un piccolo cucciolo confuso che chiama la madre.

Accovacciandosi sulle ginocchia, Cole si fermò. Avrebbe voluto avere qualcosa da offrire al povero bambino. Una caramella sarebbe stata perfetta, ma non aveva niente, nemmeno il più piccolo boccone di cibo da dare nel tentativo di placare le paure del bambino. Invece, forzò un sorriso sottile. "Va tutto bene", disse a bassa voce, "non ti farò del male". Cole notò che i polsi del ragazzo erano legati stretti. Accigliato, lanciò un'occhiata dietro di sé prima di tornare agli occhi luminosi e spaventati del bambino. "Quello della chiesa ti ha legato in questo modo?". Nessuna risposta, solo il più breve dei singhiozzi. "Chi c'è lì dentro?" Di nuovo niente. "Quando mi sono avvicinato alla porta, hanno cercato di spararmi. Di cosa ha paura? Degli indiani?"

"Non è un "lui"".

La voce, così minuscola, fragile, impaurita, ma pur sempre una voce. Cole prese tempo, non volendo causare ulteriore panico o angoscia. "Una donna?" Un cenno e un grugnito. "Ma non capisco, perché qualcuno dovrebbe fare questo a una..."

"E non ha paura degli indiani".

"Oh? Perché? Chi è?"

"Lei stessa è un'indiana".

Con un'espressione accigliata, Cole allungò lentamente la mano dietro di lui. "Sto per liberarti", disse mentre stringeva le dita intorno al manico del suo pesante coltello da caccia. "Non gridare o muoverti. Ti prometto che non ti farò del male".

Gli occhi fissi sulla lama, il ragazzo tese le braccia e Cole tagliò il legaccio di pelle con facilità. Liberato, il ragazzo si stropicciò le mani e si strofinò febbrilmente i polsi, chiaramente sollevato di essere finalmente libero.

Da oltre le mura, il rumore dei cavalli arrivò fino a loro, con gli zoccoli che battevano sulla terra dura. Immediatamente, il ragazzo si gettò contro Cole, avvolgendo le braccia attorno allo scout e nascondendo il viso nella sua camicia. Cole lo strinse, facendo del suo meglio per offrire il conforto che poteva e calmare il terribile tremore che ora si era impossessato del piccolo corpo del ragazzo.

Girandosi ansiosamente verso la porta, Cole ascoltò. Fuori, degli uomini stavano legando i cavalli e chiacchieravano tra loro in una lingua che Cole riconobbe all'istante e che gli fece quasi gelare il cuore.

Erano Comanche.

Tirando fuori la sua Colt Cavalry, mentre teneva ancora il ragazzo vicino, Cole sussurrò: "Devi dirmi cosa sta succedendo qui e devi dirmelo adesso".

Guardando verso di lui attraverso la penombra, il

ragazzo raccontò, in silenzio e nel modo più costante possibile, ciò che era successo per portarlo in quel luogo freddo e lugubre.

CAPITOLO VENTI
Alcune settimane prima

Lasciarono il Kansas verso la fine della primavera. La folla di benefattori, una mezza dozzina di cittadini dall'aria imbronciata, li salutò. Tra di loro, il vecchio Art Dalton, che aveva detto a Janus che avrebbe portato la sua famiglia nel "calderone dell'inferno", viste le storie terribili che riaffioravano dal passato e gelavano anche il cuore dei più forti. Si tolse il cappello. Masticando il suo solito ciuffo di tabacco, si appoggiò alla sua sinistra e sputò un lungo getto di saliva a terra. "Alcuni di quelli che sono andati a ovest sono stati mangiati dai loro stessi parenti", aveva detto durante la loro ultima notte, entrambi rannicchiati insieme in un lugubre saloon, sorseggiando caffè caldo corretto con whisky.

"Abbiamo abbastanza provviste per durare tre mesi", disse Janus, non sicuro se stava convincendo il suo amico o se stesso. "Ce la caveremo. Joel è bravo con il fucile quanto me, anche il giovane Seb sa sparare quando si mette in testa di farlo. Millie può cucinare qualsiasi cosa e renderla gustosa come un banchetto da re".

"Anche i re si fanno ammazzare". Janus fece una smorfia. Art si sporse in avanti e afferrò la mano dell'amico. "Tua moglie non ha partorito da molto. Ti prego, Janus, ripensaci. E se succedesse qualcosa al bambino, una malattia o qualcosa del genere?"

"Art, ti preoccupi troppo".

"No, sono semplicemente ragionevole. Perché non puoi aspettare che il resto di noi sia pronto?"

Tirando via la mano, Janus sbuffò: "Art, lo dici da prima dello scorso Natale. Se dovessi aspettarti, non me ne andrei mai".

"Forse sarebbe meglio così".

"No. Non lo sarebbe. Non posso più stare qui a girarmi i pollici. L'inverno ci ha lasciato e i tempi sono maturi. Quando arriveremo in California, sarà il momento perfetto per preparare un terreno, costruire una casa. Il tempo è più clemente laggiù".

"E la strada è piena di pericoli, Janus, che né tu né io abbiamo mai conosciuto. Selvaggi. Disperati. Individui malvagi sono in agguato per gente come te, Janus".

"Non abbiamo nulla che questa gente voglia".

"Avete dei cavalli. I selvaggi vogliono i cavalli".

"Quei *selvaggi*, come li chiami tu, sono stati tutti addomesticati ora. Portati nelle riserve e simili. "

"Non tutti. Sento delle cose, Janus. Ci sono dei problemi con quelle grandi tribù".

"Be', come ho detto, il nostro percorso è lontano da tutto questo".

"Non puoi saperlo con certezza".

Gridando un'imprecazione, Janus fece cadere con forza il piatto della mano sul piano del tavolo. Alcuni degli altri clienti si voltarono di scatto e lo fissarono. "Non puoi almeno farci i tuoi auguri, invece di tutti questi discorsi di sventura?"

Alla fine, il vecchio Art fece proprio questo e, quando Janus gli passò accanto il giorno seguente, i due amici incrociarono i loro sguardi, ed entrambi sorrisero, anche se un po' tristemente.

. . .

Dopo quattro giorni di viaggio, Seb, che era stato seduto nel carro, scrutando dal retro attraverso la prateria, girò la testa. "Papà, c'è qualcuno che ci segue".

Seduto accanto a sua moglie sulla carrozza, Janus si accigliò e tirò la squadra gemella per frenare dolcemente. Joel, che lo precedeva, notando il silenzio delle ruote del carro, fece girare il cavallo. "Cosa c'è, papà?"

"Potrebbe non essere niente", disse Janus, accarezzando il ginocchio di sua moglie prima di saltare giù. "Portami il Winchester".

"Janus?"

La paura nella voce di sua moglie lo fece alzare di scatto. Lui forzò un sorriso. "Non sarà niente. Non preoccuparti". Allungò la mano e accarezzò la testa del bambino affondata nel seno della moglie.

Joel lo raggiunse e fece scivolare la carabina a ripetizione fuori dal fodero. Passandola a Janus, il ragazzo controllò la sua Colt Navy. "Ci sono problemi, papà?"

Janus scrollò le spalle, guardò verso il cavaliere solitario che si avvicinava inesorabilmente. "Ce n'è solo uno e..." Strizzò gli occhi attraverso la foschia di calore. "Santo Francesco, credo che sia una donna!"

Nel giro di dieci minuti, le parole di Janus furono confermate quando la giovane donna, snella e di corporatura leggera, con una massa di capelli corvini infilati sotto il cappello a larghe tese, fermò il suo cavallo dall'aspetto stanco e gli offrì un bel sorriso. "Salve, compagni di viaggio. Immagino che non possiate darmi un pò d'acqua".

Nei giorni successivi, Adeline, così disse di chiamarsi, cavalcò al loro fianco, chiacchierando incessantemente con Janus, che aveva preso il cavallo di Joel per sé. Le loro risate comuni risuonavano attraverso la prateria e, durante il loro accampamento notturno, si sedettero e mangiarono la cena, preparata dalle mani esperte di Millie, e sembravano lontani da tutto e da tutti gli altri.

Niente di tutto ciò passò inosservato a Joel che prese Seb in disparte, ben lontano da occhi indiscreti. "Questa cosa non mi piace".

"Non ti piace cosa?" Seb, o Sebastian, come era il suo vero nome, era un giovincello magro e vigliacco di circa quattro anni più giovane di suo fratello.

"Il modo in cui parla con papà. Guarda come sono seduti vicini".

Seb scrutò attraverso la notte e vide le sagome della coppia, evidenziate dal bagliore arancione del fuoco. "In che altro modo vuoi che si siedano?"

"Tu non sai niente", raspò Joel e spinse via suo fratello. "Sta mettendo i suoi begli artigli su Pa, questo è sicuro. E papà..." Scosse la testa. "L'ho già visto prima. L'estate scorsa, quando papà è scomparso per qualche notte, e mamma l'ha rimproverato terribilmente perché era stato via con la piccola Jenny".

"Non capisco. Quali poche notti?"

"Pfff, hai la stessa comprensione di queste cose di un'asse di legno, Sebastian".

"Be', se non me lo spieghi, come faccio a saperlo?".

Joel si avventò su suo fratello, afferrandolo per il davanti della camicia e tirandolo vicino. "Papà stava vedendo una ragazza di uno dei saloon. Capisci? *Una ragazza della notte*". Seb si limitò a sbattere le palpebre. Joel ringhiò e lo scosse. "Era un bordello, hai capito? E lei..." Spinse via il fratello minore in preda alla disperazione. "Sei troppo giovane per capire tutto questo. Basta sapere che papà ha delle... *debolezze*. E questa bella Adeline ne è ben consapevole".

"Allora, cosa facciamo?" Seb si strofinò la gola con cautela. "Dirlo alla mamma?"

"Mamma lo sa già. No, quello che facciamo è assicurarci che *papà sappia* che noi sappiamo".

Scuotendo la testa, Seb arricciò le labbra. "Questo è troppo per me, Joel".

Uno scoppio di risate irruppe nella quiete della notte e Joel sospirò forte. "Certo, ma è tutto quello che possiamo fare per evitare il disastro".

Una manciata di notti dopo, il disastro colpì davvero. Voci più alte destarono i due ragazzi dal sonno, Joel fu il primo a reagire, scuotendo il fratello a una certa distanza. Strofinandosi gli occhi, Sebastian fece per parlare, ma la mano di Joel gli si posò sulla bocca. Girando la testa, vide il dito del fratello premuto contro le sue labbra. La luce dell'alba stava appena facendo capolino tra i resti della notte, dando a tutto una tonalità spettrale. Seb ascoltò.

I suoi genitori stavano litigando, papà imprecava nella sua indignazione, mentre mamma lo accusava di ogni sorta di atti osceni con la giovane Adeline.

"Non è come pensi, Millie".

"Non è vero? Allora dimmi tu cos'è quando non condividi il mio sacco a pelo di notte, e anche quando Jenny si mette a piangere, e non ti si trova da nessuna parte".

Il suo silenzio la convinse di quello che era successo.

I ragazzi si misero a sedere e guardarono entrambi verso i loro genitori.

Mentre guardavano, con l'implacabile ascesa del sole sopra l'orizzonte che evidenziava tutto con terrificante chiarezza, una freccia colpì la gola di Ma. Lei si tirò indietro, afferrando l'asta, con la bocca che non riusciva a emettere suoni, gli occhi lividi per lo shock.

Papà si voltò, "Indiani!" urlò. "Prendete il mio Winchester!"

Joel stava già scendendo dal letto, gettando via la sua coperta e afferrando la sua Navy Colt. Sparò nell'ombra, senza prendere davvero la mira, sperando che i colpi avrebbero spaventato i loro aggressori.

In risposta, un'altra freccia colpì il petto di Ma,

facendola cadere all'indietro. Cadde a terra con un orribile tonfo vuoto e rimase immobile.

Joel urlò e corse verso sua madre, si mise in ginocchio e le cullò la testa. "Mamma", sussurrò. Era morta, e le lacrime corsero lungo le guance di Joel e gocciolarono sul suo viso senza vita.

Jenny, che aveva ripreso un terribile lamento, attirò la sua attenzione. Si alzò in piedi, le gambe tremanti, il corpo tremante, e si diresse verso la sua sorellina. Un movimento attirò la sua attenzione, una singola figura che correva tra le rocce che circondavano il loro accampamento, efece partire due colpi. Non ci fu alcuna risposta, così continuò il suo cammino e si caricò Jenny in braccio. Tornando da sua madre, si fermò e guardò il piccolo viso di Jenny, tutto accartocciato dalle lacrime. La baciò teneramente sulla fronte. Mentre allontanava le labbra, una freccia si conficcò nella testa della piccola Jenny. Il pianto cessò.

Il tempo si bloccò. Joel, incapace di muoversi, con la mente bloccata in un misto di dolore e incredulità. La bimba scivolò dalla sua presa insensibile e cadde, quasi come se non avesse mai voluto andarsene, nel freddo abbraccio della madre morta. Joel sentì qualcosa che incombeva da vicino, ma non ci badò più. Tutto era finito.

Dalle sue lenzuola sfatte, Sebastian fissò la scena grottesca che si svolgeva davanti a lui. La vide scivolare giù dalle rocce, l'accetta che lampeggiava nella fredda luce del mattino, la pesante lama che colpiva la nuca di Joel. Lei gridò di gioia mentre il giovane cadeva in ginocchio. Sollevandogli la testa per i capelli, gli strappò un pezzo di cuoio capelluto e lo sollevò sopra di sé, guaendo come un coyote impazzito.

Papà, perso in un vortice di indecisione e paura,

barcollò fino a dove giaceva il Winchester e sparò sette rapidi colpi, nessuno dei quali andò a segno. Lei attraversò la breve distanza che li separava, saltandogli addosso e facendolo cadere, affettando il suo corpo con l'accetta e il coltello, tagliando, squarciando. Una selvaggia, caotica frenesia di uccidere.

Alla fine, tutto cessò. Seb si sedette e guardò mentre lei veniva verso di lui. Non era più la ragazza felice e sorridente che ricordava, Adeline tirò indietro le labbra e gli ringhiò contro, un suono stridulo e terrificante, con la lingua fuori e la saliva che schiumava. Era pazza, e lui sapeva che stava per morire.

Afferrandolo per la gola, lo sollevò in piedi e premette il viso vicino al suo. Poteva sentire il suo respiro mentre parlava, dolcemente, quasi in modo rassicurante. "Sebastian, libera i cavalli e i muli. Ce ne andiamo".

Dopo averlo spogliato di tutte le provviste utilizzabili, ruppe l'asse del carro, assicurò i sacchi ai muli e aiutò Sebastian a salire in sella al cavallo del fratello morto. "Sei un buon partito", disse, controllando il Winchester di papà e caricandolo di cartucce. "Mi ricompenseranno bene per tutto questo".

Il viso di lei, imbrattato di sangue, scoppiò in un ampio ghigno e Seb, non riuscendo più a trattenere tutto, si voltò e vomitò violentemente, provocando il sobbalzo del suo cavallo. Lei prese le redini, calmando l'animale con la sua voce gentile e lui la guardò e si chiese come qualcuno così bello potesse essere così diabolico, così assassino. "Ti ucciderò", riuscì ad ansimare, passandosi il dorso della mano sulla bocca. Lei rise e gli mise in mano una borraccia d'acqua. "Non so come, né quando, ma lo farò".

"Tra qualche mese mi ringrazierai per averti dato una nuova vita".

"No, mai".

Lei sorrise e lo guardò bere. Riprendendo la borraccia, gli sfiorò la guancia con la mano prima di proseguire lentamente attraverso la prateria e lontano da quella macelleria che una volta era il campo dove la sua famiglia aveva riposato. Una famiglia che non avrebbe mai più rivisto.

CAPITOLO VENTUNO
1875, il presente.

Cole si lasciò cadere all'indietro e guardò il giovane che si rannicchiava davanti a lui. Durante la sua vita di frontiera era stato testimone di molte privazioni, aveva sperimentato il peggio che gli esseri umani sono capaci di fare gli uni agli altri, ma questo... L'omicidio insensato di un neonato era al di là di qualsiasi cosa potesse accettare. Stringendo la mano in un pugno chiuso, guardò il bambino che sedeva, con le labbra tremanti, fissando a terra. "La donna. Adeline?" Il ragazzo alzò lo sguardo. "Quella in chiesa è lei, vero?"

Annuì. "Mi ha detto che si sarebbe incontrata qui con i suoi compagni, che era tutto previsto. Lei è un'indiana e anche loro".

"Un gruppo di razziatori. E una dannatamente intelligente. Mi hanno ingannato, questo è sicuro".

"Ti hanno ingannato? Non capisco".

Prima che potesse spiegarsi ulteriormente, delle grida dall'esterno costrinsero Cole a girare la testa verso le porte sgangherate ad ala di pipistrello. Le sue mani si portarono istintivamente sul Winchester per essere pronte. "Ti ha messo lei qui dentro?"

"Ha detto che dovevo stare zitto, che mi avrebbe venduto quando sarebbero arrivati. Immagino che siano loro, fuori".

"Credo di sì. Aspetta."

Senza un'altra parola, Cole si avvicinò all'ingresso e sbirciò attraverso una fessura nel legno. Un gruppo di cavalli legati stava aspettando instrada, con un uomo che faceva la guardia. Vide gli altri muoversi attraverso i resti di un edificio di fronte, verso la chiesa, senza dubbio per incontrarsi con la ragazza. Trattenne il respiro e aspettò che fossero fuori dalla visuale.

L'uomo gli dava le spalle, Cole aprì le porte a battente e scivolò fuori, estraendo il coltello. Doveva muoversi con rapidità e decisione se voleva avere qualche possibilità di cogliere i predoni di sorpresa.

Cole si mosse silenzioso come la nebbia, ma a un metro dall'uomo il vento o qualcos'altro afferrò la porta e la fece sbattere. Girandosi, l'uomo fece per gridare e Cole balzò in avanti, conficcando la lama verso l'alto, in profondità nella gola dell'altro. Entrambi caddero a terra, Cole si aggrappò, spingendo la lama fino a farla uscire dalla bocca spalancata dell'uomo. Quest'ultimoi contorceva e lottava a un passo dalla morte, mentre i cavalli, spaventati dall'esplosione di violenza, scalciavano e lottavano per liberarsi.

"Andiamo", sibilò Cole verso il ragazzo, immobile, colpito dall'orrore alla vista dello scout, inzuppato di rosso, in piedi sul cadavere, con il sangue che colava dal coltello.

Senza aspettare, Cole prese la mano del ragazzo e lo strappò dall'uscio. Lo trascinò lungo lo stretto passaggio fino a dove i cavalli della ragazza stavano aspettando. Senza fermarsi un secondo, Cole tagliò le redini e liberò i muli. "Non ne abbiamo bisogno", disse. "Qual è il tuo?" Il ragazzo fece un cenno verso il più piccolo dei due animali e Cole lo sollevò in sella.

"Le cose di mia madre sono in quei sacchi", si lamentò il ragazzo.

"Non abbiamo tempo".

"Ma non posso lasciarli. Signore, *per favore!*"

"Come hai detto che ti chiami?"

"Sebastian. Seb".

"Seb", disse Cole stringendogli una coscia, "torneremo a prenderli, ok? Te lo prometto. Ora, tu cavalchi di nuovo attraverso la pianura fino alla lontana scarpata di roccia. Non puoi mancarla. Io prendo il mio cavallo e ti seguo".

"Ma se loro..."

"Cavalca e basta!" Cole ritrasse la mano per schiaffeggiare la groppa del cavallo.

Lo sparo risuonò come una crepa dalle viscere dell'inferno, sputando un unico proiettile fatale che colpì il giovane Seb in mezzo agli occhi, facendolo cadere sul dorso del cavallo. Ora giaceva morto a terra, con gli occhi spalancati per la sorpresa.

Stordito, Cole rimase rigido, incapace di elaborare ciò che era appena successo. Un secondo proiettile gli sfrecciò accanto all'orecchio andando a colpire il muro più lontano e questo lo riportò alla realtà. Si girò, con in mano il Winchester, sparando alla cieca mentre si lanciava alla sua sinistra, rotolando a terra. Mettendosi ginocchio, li vide allo scoperto, arroganti, sicuri di sé. Due uomini, uno dei quali era un Comanche, l'altro bruno, di bassa statura, che caricava la sua carabina. Cole sparò le sue ultime pallottole e li vide cadere.

Agendo rapidamente, diede uno schiaffo a tutte e quattro le bestie nervose e dagli occhi selvaggi sul sedere e le mandò alla carica nella direzione opposta. Le guardò per un momento prima di abbassare lo sguardo sul corpoinerte del ragazzo. Un brivido lo attraversò.

Non avendo più bisogno di controllare le condizioni di Seb, Cole girò intorno al muro più lontano, si premette contro il duro granito e fece come per mettere altre cartucce nel Winchester. Non ne aveva più. Inspirando rumorosamente, fece del suo meglio per liberare la mente da ciò che era successo. Risoluto, determinato, con la confusione in testa, si precipitò fino a dove il suo cavallo stava pazientemente aspettando, saltò in sella e lo spronò al galoppo.

Basso contro il collo del cavallo, consapevole che gli spari avrebbero fatto uscire il resto della banda per indagare, fece del suo meglio per tenere lo sguardo in avanti, muovendosi dietro gli altri animali in fuga. Un'ulteriore sicurezza contro eventuali colpi alle spalle.

Arrivarono presto.

Spari che sibilavano attraverso la pianura. Per fortuna, la distanza era già troppo grande, e i proiettili caddero irrimediabilmente al di sotto del loro obiettivo. Ma Cole non si faceva illusioni. Presto gli sarebbero stati alle costole, alla disperata ricerca di vendetta, e forse ancora di più per impossessarsi di nuovo dei muli. Sebastian gli aveva detto cosa c'era nei sacchi, appesi così pesantemente ai fianchi dell'animale. Le cose di sua madre. Cosa poteva essere, si chiese mentre il suo cavallo si accostava agli altri, con le narici dilatate e i corpi ansanti? Soprattutto i muli stavano facendo un duro lavoro e, cogliendo l'attimo, si raddrizzò e spinse il suo cavallo in avanti per superarli. Aveva il tempo, sperava, di radunarli e portarli su un terreno più alto. Da lì avrebbe potuto rovistare tra i sacchi e stabilire una posizione difensiva contro i suoi inseguitori. *Se ne* aveva il tempo.

Lavorando velocemente, si mise alla testa degli animali in fuga e li guidò lontano dalla direzione prevista verso quel terreno più alto che avrebbe potuto fornirgli un rifugio. Loro risposero, rallentando quando la sua voce abbaiò con sicura autorità e lui riuscì a radunarli in un piccolo burrone. Afferrando la briglia del cavallo di testa, lo portò delicatamente a fermarsi. Gli altri lo seguirono e presto tutti rimasero in piedi, sbuffando con indignazione, ma lasciandosi comunque soccombere dai suoni rassicuranti di Cole. Sufficientemente imbambolati, aspettarono che Cole scendesse dalla sella e li calmasse ulteriormente con dolci carezze e miagolii rassicuranti. Richiedeva più tempo di quello che poteva dedicargli, ma meglio questo che inseguirli all'infinito attraverso l'aperta pianura.

Per prima cosa sollevò il mulo più vicino dal suo carico e posò i sacchi a terra. Aprendoli, sbirciò all'interno e fischiettò. Non c'è da stupirsi che la ragazza chiamata Adeline si fosse presa il tempo di portare tutto questo con sé dopo il suo attacco omicida. Insieme al ragazzo, sarebbe stata in grado di accumulare una bella scorta.

Candelabri, d'argento a quanto pare, e calici da vino. Vecchi, forse d'oro. Un set di coppe da pranzo, in ottone, sospese, una volta messe in posizione, su un ramo modellato in oro puro. Un martello imbottito, il cui gambo era fatto di giaietto nero, completava lo schieramento. L'intera collezione appariva genuina al suo occhio inesperto, ma sapeva abbastanza di antichità da stimare che si trovava di fronte a manufatti del valore di qualche migliaio di dollari.

Dopo aver legato di nuovo gli animali, riunì i sacchi e li mise in fondo al burrone. Imbracando il Winchester, salì sulla più vicina parete scoscesa. Poteva già sentire il lontano scalpiccio dei cavalli. Stavano arrivando, come sapeva che avrebbero fatto, ed egli accelerò la salita, deciso a raggiungere un punto di vantaggio prima che gli fossero addosso.

Arrampicandosi verso una sporgenza, si sistemò e guardò all'aperto. Contò diversi cavalli, ma il loro numero esatto era difficile da calcolare a causa delle nuvole di polvere che li avvolgevano. Così, aspettò, posizionandosi in modo tale da avere una visuale chiara quando sarebbero iniziati gli spari.

CAPITOLO VENTIDUE

Adeline rimase in piedi sul cadavere del ragazzo e ingoiò i singhiozzi che minacciavano di sopraffarla. Non era così che voleva che finisse. Le sue lacrime placate, tuttavia, non erano per la perdita di una vita, ma per il mancato guadagno. Il dannato furfante che aveva messo a repentaglio tre vite della banda di Dull Blade stava ora scomparendo velocemente con il suo ricco bottino.

"Lo riporteremo indietro", disse Dull Blade, arrivando al suo fianco mentre tre dei suoi uomini galoppavano in lontananza, fischiando selvaggiamente. "E quando lo faremo, gli apriremo la pancia e daremo le sue interiora in pasto agli avvoltoi".

"Mentre è ancora in vita".

"Mentre è ancora in vita". La prese per le spalle e la girò verso di lui.

Scrutò i suoi lineamenti forti, la bocca crudele, e quegli occhi, così chiari e luminosi, che l'avevano affascinata per primi. "Avrei dovuto fare più attenzione", disse lei.

"Sì", disse lui. "Avresti dovuto."

"Non avevo idea che sarebbe venuto qualcun altro".

Dull Blade si voltò di sbieco, concentrandosi sul gruppo in lontananza di uomini che cavalcavano a velocità sempre maggiore. "Lo sapevo. Sapevo che sarebbe venuto. È diverso dagli altri uomini bianchi. Non si ferma".

"Come lo conosci?"

Lui la guardò di nuovo. "Alla prima fattoria che abbiamo incontrato. Lui era lì e ha ucciso molti di noi. Troppi. Pensavo che potessimo superarlo, ma è come posseduto. Cerca la nostra morte". I suoi occhi si strinsero. "Di tutti noi."

"Non lo sapevo".

"Sei tu che l'hai portato qui. Sei tu che non hai coperto abbastanza bene le tue tracce. Sei tu che hai causato la morte di uomini buoni".

"Ma come avrei potuto..."

Senza preavviso lui la colpì duramente in faccia, un colpo all'indietro di tale forza da farla barcollare all'indietro. In una sorta di stordimento, lei perse l'equilibrio e cadde a terra, con il sangue che le usciva dal naso e dalla bocca. Rimase lì, appoggiata su un gomito, a fissarlo mentre lui stava in piedi, a gambe divaricate, con la faccia contorta dalla rabbia. In un lampo, tirò fuori il pesante coltello Bowie da cui derivava il suo nome d'arte e fece un passo minaccioso verso di lei.

Adeline, altrettanto rapidamente, estrasse la Colt Peacemaker nascosta sotto il cappotto e tirò indietro il cane. Nonostante la sua mano tremante, a questa distanza non poteva sbagliare.

Dull Blade si fermò e rimase a bocca aperta. Poi, sorprendentemente, gettò indietro la testa e scoppiò a ridere. "Tu, patetica, debole bambina! Osi pensare di avere la forza di premere quel grilletto. Non puoi uccidermi".

"È chiaro che è quello che stai progettando per me".

"No, una striscia sul tuo bel viso in modo che tutti coloro che ti guardano sappiano quanto sei debole e stupida. "Ora", disse tendendo l'altra mano, "dammi quella pistola e sottomettiti a ciò che deve essere".

Il suo sguardo si spostò sul davanti dei suoi pantaloni e capì cosa intendesse. Lentamente, abbassò la pistola.

"Ecco", disse raggiante, gonfiando il petto, sicuro ed eccitato dalla sua vittoria, "sapevo che non potevi farlo. Tu mi adori".

Fece un altro passo e Adeline alzò la Peacemaker e gli sparò tre rapide pallottole.

CAPITOLO VENTITRÉ

Non riuscendo ad avere un'inquadratura chiara dei cavalieri, Cole mise due proiettili ben piazzati un paio di passi davanti al cavallo di testa. Le sue ginocchia cedettero mentre l'animale tentava di allontanarsi, mandando all'aria il guerriero a cavallo. Cole gli sparò in volo. Tutt'intorno si scatenò il panico, con i cavalli che urlavano e i cavalieri che lottavano per tirarsi fuori dal raggio d'azione. Era una scena folle e suicida, gli uomini impazziti per la perdita dei loro compatrioti, incapaci di reagire abbastanza velocemente o sensatamente. Cole fece cadere un secondo uomo con due colpi al petto, poi scese dal trespolo, con gli occhi puntati sul terzo assalitore che inciampava nella disperazione di fuggire.

Scompostamente, i cavalli, già ben spaventati, si dispersero e corsero via, lasciando nient'altro che polvere nella loro scia, e l'ultimo cavaliere, che era ancora in sella, implorava pietà.

Avvicinandosi, Cole portò il Winchester a tiro. Disperatamente, il guerriero terrorizzato cercò l'arma sulla sua cintura. Ridendo, Cole prese a calci il revolver dalla mano dell'uomo, che volò fuori dalla sua portata. Senza una parola, premette la cannadel Winchester contro la fronte dell'uomo piagnucolante.

"Di' loro che sto arrivando", disse Cole a denti

stretti. "Di' a tutti che sto arrivando e che non mi fermerò".

Quasi non osando credere che la sua vita potesse non finire in quel momento, l'uomo si alzò instabilmente in piedi, i suoi occhi selvaggi fissarono supplichevolmente Cole.

"Fa' come ti dico. Di' a tutti che sto arrivando. Per il ragazzo, per quelle famiglie che avete massacrato. Diglielo."

Balbettando in modo incoerente, l'uomo, dondolando la testa come se si fosse staccata dalla colonna vertebrale, si girò e si mise a correre. Mentre lo faceva, biascicò: "*Si, si*, glielo dirò *señor*. Tu sei colui che viene. Glielo dirò".

Cole lo guardò finché non fu poco più di un turbine di polvere in quella grande e infinita vastità.

Lasciando gli altri animali legati insieme all'ombra del burrone, Cole tornò alla vecchia città distrutta, rallentando fino a camminare quando arrivò alla periferia. Smontò e lasciò il suo cavallo più lontano, muovendosi silenziosamente per le strade strette verso la chiesa, con il suo Winchester pronto. Sulla sua strada, passò con cautela sui corpi morti e già gonfi dei predoni che aveva ucciso, insieme a un altro che non aveva ucciso. Studiò il terreno, vide le macchie secche di sangue, i segni di una partenza affrettata e intuì che si trattava della ragazza.

Avvicinandosi alla porta, appoggiò il Winchester al muro ed estrasse la sua Colt. Usando la canna, spinse la porta e scappò via, ricordando fin troppo bene quello che era successo durante il suo ultimo tentativo di entrare.

Questa volta non ci furono colpi clamorosi.

Aspettò, contando i respiri, poi si tuffò dentro.

Come un sudario, l'oscurità lugubre lo avvolse.

Disorientato, inciampò in avanti, si piegò in due e sbatté le ginocchia contro il banco più vicino. Gridò e cadde, stringendosi al freddo legno della lunga e stretta panca della chiesa. Imprecò e si strofinò il ginocchio, poi rimase in ascolto.

Niente.

Nessun rumore di movimento, e nemmeno di respiro. La chiesa era vuota.

Colse l'occasione e si alzò. Delle ombre erano in agguato ovunque guardasse. Altri banchi, altare, leggio, ma nessun segno di persone. Strisciando in avanti, salì sul presbiterio. Uno spiraglio di luce sbirciava da sotto una porta in fondo e lui si avvicinò, la aprì ed entrò. Una finestra era aperta nella parete opposta della sacrestia e mentre Cole si avvicinava, un singolo colpo di pistola risuonò, facendolo trasalire e abbassare la testa. Lo sparo, tuttavia, proveniva da oltre il muro e quando diede una rapida occhiata fuori, ne vide la causa.

CAPITOLO VENTIQUATTRO

Adeline sapeva di doversi muovere in fretta. Tre di loro erano corsi via dopo lo sconosciuto, ma altri due si erano attardati dietro la chiesa, credendo che si aspettassero che lei scappasse nella stessa direzione dello sconosciuto. Si fece strada intorno al lato più lontano della chiesa, muovendosi con un'andatura facile e fluida.

Arrivò dietro di loro mentre si avviavano con calma e attenzione nella prima strada stretta adiacente a dove aveva lasciato il ragazzo. Il ragazzo che Dull Blade aveva così spietatamente ucciso. Che spreco. Le piaceva il ragazzo, si era abituata alla sua compagnia mentre cavalcavano attraverso le pianure. Niente di tutto questo era colpa sua e lui non meritava di morire in quel modo.

Ignari del suo arrivo, i due predoni rimasti andarono a spostarsi più avanti sulla strada. Senza alcun senso di colpa, cavalleria all'antica o grandi nozioni di moralità, svuotò la sua Colt su entrambi, facendoli atterrare a faccia in giù sul terreno, morti.

Adeline rimase in piedi, con la mente vuota, e fissò. Alla fine, si mosse e andò verso i corpi, spogliandoli entrambi delle loro armi da fuoco e dei proiettili di riserva. Accovacciata accanto a loro, svuotò il cilindro della Colt e la ricaricò rapidamente. Solo allora alzò lo sguardo e, fissando la strada stretta dove giaceva Seb, pensò alla sua mancanza di un cavallo. Tutto quello che poteva sperare ora era che gli altri avessero ucciso lo straniero e che presto avrebbero riportato tutto in città.

Le sue speranze, tuttavia, furono presto deluse quando sentì una voce singolare che gridava attraverso il campo aperto.

"Sta arrivando!" La voce si lamentava. *"Sta arrivando!"*

Accigliata, Adeline si alzò, inclinò la testa e ascoltò, cercando di calcolare la direzione della voce. E chi fosse il suo proprietario. Certamente non era lo straniero. La voce aveva l'inconfondibile timbro dei Comanche, nonostante lui gridasse in inglese. Allora, cosa stava succedendo?

Arrivò in vista, trasandato, esausto, inciampando ogni pochi passi, come un cieco perso e confuso. Rapidamente, lei controllò la direzione da cui era venuto e, non vedendo nulla, lo raggiunse a grandi passi, lo prese per il davanti della camicia e lo scosse, rimproverandolo come se fosse un bambino. "Chi? Di chi stai parlando? E dove sono le mie cose? Il mio cavallo?" Non ottenendo risposta, lo scosse ancora più violentemente finché, vicina alla disperazione, lo spinse via con un tale veleno che lui cadde a terra, maledicendola con parole che lei capiva fin troppo bene. Lei lo guardò negli occhi terrorizzati e tirò fuori laPeacemaker. Allentando il martello, parlò con tono uniforme e determinato. "Dov'è il mio cavallo?"

"Mi ha detto di tornare qui e raccontarvi. Dirvi tutto. Sta arrivando". Un pensiero improvviso sembrò toccarlo, ed egli si guardò intorno, allarmato, con la bocca tremante. "Dov'è Dull Blade? Deve sapere".

"Sembra che non riuscirò a farti ragionare..." Chiuse un occhio, tenendo d'occhio la sua preda che si contorceva.

Il rumore del legno scheggiato la costrinse a girarsi e

lo vide, mentre si faceva strada a calci attraverso la porta della sagrestia posteriore. Lo stesso, senza dubbio, che si era fatto strada nella chiesa con la forza. Era un peccato che i suoi proiettili l'avessero mancato. Era decisa a non sbagliare questa volta.

Cogliendo l'occasione, il guerriero disperato si precipitò, allontanandosi da lei il più velocemente possibile, deviando a destra e a sinistra mentre scappava.

Adeline imprecò, si girò e sparò un proiettile nella schiena dell'uomo in fuga. Lui volò in avanti, con le braccia aperte, emettendo un grugnito udibile mentre colpiva il suolo.

"Altolà".

Lei sorrise, riconoscendo la sua voce. Era lui, lo stesso intruso di prima. Be', era stato un idiota allora, ed era ancora un idiota.

Adeline sapeva di essere brava con la pistola. Era cresciuta nell'accampamento, dopo essere stata strappata alla sua famiglia in un raid più di vent'anni prima, e aveva passato quasi ogni giorno della sua adolescenza a fare pratica. Il suo vecchio mentore, Ferite Piangenti, le aveva insegnato tanto, ma soprattutto le aveva inculcato la determinazione a sopravvivere. Quando raggiunse la maggiore età e vennero a cercarla, il suo orgoglio e la sua autostima le diedero la forza di respingerli tutti.

Fino a Dull Blade.

Ma Dull Blade l'aveva trattata male, spingendola per sempre ad essere obbediente mentre Ferite Piangenti le diceva di essere indipendente. Cedendo ai Bianchi, trasferendosi nella riserva, nulla era cambiato. La sua vita si era dimostrata soffocante come sempre. Anche quando era arrivata l'occasione della libertà, e Lama Spenta li aveva condotti fuori, convincendo tutti nel loro gruppo che avrebbero dovuto essere insensibili, muoversi velocemente, sfruttare ogni opportunità che avevano. Uccidere era naturale per lui come respirare per tutti gli altri. Adeline, tuttavia, aveva le sue idee. Si era messa in proprio, si era imbattuta in quella famiglia e aveva preso tutto quello che avevano. Compreso il bambino. Un ragazzo così dolce, ma Dull Blade lo aveva ucciso senza mostrare alcun rimorso. Ora un altro era qui, un altro che le aveva portato via imezzi per una nuova vita. Non poteva lasciar correre.

Si girò accovacciandosi, con la Peacemaker che in pugno, pronta a sparare ancora una volta.

CAPITOLO VENTICINQUE

Sfondando la porta, Cole trasalì di nuovo quando il colpo risuonò, e quello che aveva mandato via di corsa per avvisare del suo arrivo cadde a terra come un'attesa di piombo. La ragazza, con la pistola ancora fumante in mano, si girò e lui le sparò al braccio, mandando la pistola in aria mentre lei urlava e si piegava in ginocchio. Sanguinando e stringendo la ferita, guardò verso di lui mentre si avvicinava. Riconosceva l'odio quando lo vedeva, ma dubitava di averlo mai visto a un livello tale come quello che vedeva ora nei suoi occhi.

"Uccidimi, gringo figlio di..."

"Non essere così impaziente di morire", ringhiò, portando la Colt Cavalry al livello della sua testa. "Perché l'hai fatto? Una ragazza giovane come te. Fammi capire".

Fece un sorrisetto. "Farti capire? Come potresti mai capire? Sei un uomo bianco, un codardo e un bugiardo. *Non* capisci *niente*".

"Voglio capire perché hai ucciso quelle persone. Cosa ti hanno mai fatto?".

"Era quello che *avrebbero* fatto. Venire qui, come tanti parassiti, a portare malattie. Come hanno sempre fatto".

"Allora è per questo che li hai uccisi? Come forma di vendetta?"

"Non è così semplice. Li ho uccisi per farne uso, per il mio popolo".

"La tua gente? Tu sei bianca, stupida".

"Ah, sì, gli insulti. Come mi chiamerai la prossima volta? Puttana? Rinnegata? *Assassina?*"

"Be', l'ultimo è quello che fa per te. Li hai uccisi e hai preso quel ragazzo. Sebastian. Stavi per riportarlo alla tua tribù, come pagamento?"

"La mia *tribù* è evirata e siede e muore nella riserva. Tu non sai niente di quello che dici".

"So che siete contorti da un odio cieco. Siete voi che non capite. Sì, vi hanno mentito, tradito, vi hanno tolto tutto, ma non tutti volevano questo. Quelle persone volevano condividere questa terra, non prenderla".

"E tu vuoi farmi credere che tu potresti essere un tale uomo - un onesto uomo bianco, che desidera che noi viviamo sulla nostra terra, la terra che ci avete strappato dalle mani?".

"Come ho detto, ci sono quelli tra noi che vogliono la pace. Non questo. E non quello che hai fatto a quella famiglia. Per questo la pagherai".

"Oh, mi sparerai ora, a sangue freddo? È così che sei onorevole?".

"No. Ti porto in tribunale. È quello che faccio. Non sono un assassino".

"Faresti meglio ad uccidermi subito, perché è quello che ti farò, alla prima occasione che avrò".

Cole annuì, credendo alla verità delle sue parole. Nonostante le sue interiora masticate dalla rabbia per quello che lei aveva fatto, sapeva che non avrebbe mai potuto ucciderla così. È vero, poteva farla franca. Nessuno avrebbe mai contestato la sua storia di averla uccisa mentre cercava di scappare, ma sapeva anche che solo una pubblica dimostrazione di giustizia avrebbe servito la famiglia che lei aveva massacrato. Se ci doveva essere un'uccisione, allora doveva essere giusta.

Scorse un movimento con la coda dell'occhio, e si voltò per vedere l'indiano che aveva lasciato libero, in piedi a una dozzina di passi di distanza, con una scia di sangue che gli colava dalla spalla, e il Winchester di Cole in mano.

"No", ruggì Cole, con la mano che si alzava, cercando di contrastare quello che sapeva sarebbe successo. Ma l'indiano non riusciva a dissuadersi. Premette il grilletto e il proiettile si conficcò direttamente nel collo di Adeline.

Cole si mise in ginocchio, strappandosi la bandana, e la premette contro la ferita pulsante mentre il sangue fuoriusciva. Lei si accasciò mentre lui la teneva tra le braccia, un debole guizzo di vita che danzava nei suoi lineamenti.

Sentì la leva del Winchester che si innestava.

"Dovrei ucciderti", disse l'indiano a denti stretti. "Ma tu mi hai lasciato vivere, e così io lascerò vivere *te*". Abbassò la carabina, rivolgendo lo sguardo alla ragazza. "Ma lei, lei è una lupa pazza, un'assassina. Lasciala morire dissanguata".

"Prendi il suo cavallo e vai", disse Cole, non credendo alle sue stesse parole. Si voltò ancora una volta verso Adeline, cullandola tra le braccia, facendo pressione ma sapendo che era inutile.

Quando sentì l'indiano allontanarsi, gli occhi enormi e spalancati di Adeline si fissarono nei suoi e per un momento la sua mente tornò indietro, a quel giorno di circa un anno prima, quando aveva imparato così tanto su se stesso.

CAPITOLO VENTISEI

Si era incontrato con Orso Bruno non lontano dai confini della città. L'esploratore Shoshone era seduto su un grande masso e stava intagliando un vecchio ramoscello. Quando Cole si era avvicinato a cavallo, l'indiano aveva alzato lo sguardo. "Le sue tracce sono facili da seguire, come se volesse che lo trovassimo".

"Pensi che sia una trappola?", disse Cole, cercando all'orizzonte qualsiasi segno di Burroughs. Una nuvola di polvere, un'immagine, qualsiasi cosa.

"Potrebbe essere. O forse non gli interessa".

"Allora perché fuggire?"

Orso Bruno alzò le spalle. "Il Signor Roose, non è troppo ferito?"

"Vivrà, anche se non sono riuscito a farlo ragionare molto. Qualcuno gli ha dato una bella botta in testa, ma si riprenderà. Temo di non poter dire lo stesso per il capitano".

"Il capitano non mi interessa molto. Ci ha trattato male. Tu lo sai".

"A un certo punto ho pensato che fosse in combutta con Burroughs. Sono ancora preoccupato di come il sergente sia riuscito a scappare e Spelling no".

"Pensi che Burroughs sia stato aiutato?"

"Ne sono certo".

"Ma da chi?"

Cole gettò gli occhi indietro verso la città. "Credo che lo scopriremo presto".

Entrambi avevano cavalcato attraverso la pianura, il tempo era buono, la pista era evidente come il sole nel cielo. Burroughs, al galoppo, sembrava scrivere indicazioni per loro sul terreno, ma nessuno dei due esploratori rallentava. Solo quando raggiunsero la periferia di Rickman City, si erano fermati ed erano rimasti seduti, in silenzio, per qualche istante, mentre osservavano le strade deserte.

"Il sentiero non è così chiaro ora", disse Orso Bruno dopo essere sceso per sondare il terreno. "Molti hanno viaggiato qui".

"Faremo una ricognizione. Tu imbocca l'estremità vicina della strada principale e io mi muoverò dal lato più lontano. Fai attenzione".

La faccia di Orso Bruno si aprì in un ampio sorriso. "Faccio sempre attenzione, signor Cole".

I resti fatiscenti della città erano molto simili a quelli che Cole ricordava dalla sua precedente visita e, tornando al granaio dove era tenuto prigioniero, gli avevano Parrot. Per un momento, si concesse qualche ricordo fugace, finché, costringendosi a tornare al suo compito, continuò a cercare.

Non c'erano segni di Burroughs tra i tetti crollati e i muri fatiscenti, solo i fantasmi di quella che una volta era stata una fiorente comunità che infestavano ogni angolo buio e lugubre. Letti con le coperte gettate all'indietro, tavoli apparecchiati per la cena, altri con cibo in decomposizione aggrappato a piatti incrinati e polverosi. Vestiti ordinatamente impacchettati, giocattoli per bambini abbandonati e rotti.

Incontrando di nuovo Orso Bruno, Cole aveva avuto

la stessa identica descrizione di ciò che anche l'esploratore Arapaho aveva scoperto. Sospirando, Cole aveva detto: "Penso di sapere dove sia". Aveva indicato un crinale lontano. Si intravedeva appena la cima di un grande edificio. Erano partiti.

Muovendosi con molta più cautela, si erano avvicinati alla villa, con le carabine pronte. Un solo cavallo era legato all'esterno. Entrambi gli uomini si erano fermati, inginocchiandosi istintivamente. "È lì dentro", aveva detto Orso Bruno.

"E il suo cavallo è un invito aperto a entrare".

"Se lo fai, ti ucciderà".

"Questa è la sua speranza, credo".

"Allora, cosa farai?"

"Lo sorprenderò".

Orso Bruno si era accigliato. "Sorprenderlo? Come farai?"

"Passando direttamente dalla porta principale".

Orso Bruno lo aveva guardato a bocca aperta. "Sei pazzo?"

"Hai un piano migliore?"

"Si dà il caso di sì".

Come la maggior parte degli edifici in quella parte del paese, la vecchia casa di Rickman era fatta quasi interamente di legno. Non essendo stato ben mantenuto nel corso degli anni, il tavolato era scheggiato e deformato in alcuni punti, e l'acciarino era secco a causa del calore estremo. Mettendo la pietra focaia sull'acciaio, Orso Bruno aveva acceso un ciuffo di stracci secchi e li aveva posati lungo la base della porta principale. Si erano affrettati a liberare il cavallo e portarlo al sicuro, e le fiamme avevano preso presto piede, e in pochi minuti la porta era in fiamme.

A dieci passi da dove Cole aspettava, un colpo era risuonatp dall'alto del secondo piano e Orso Bruno era caduto, il proiettile di grosso calibro gli aveva sfondato la scapola destra. Il cavallo era scappato correndo, scalciando ferocemente per il terrore. Orso Bruno, con un forte lamento, si contorceva a terra in agonia mentre il sangue gli usciva dal retro della camicia.

Muovendosi velocemente, Cole lo aveva afferrato e trascinato via. Un altro proiettile aveva colpito il terreno, a pochi centimetri da dove si trovavano entrambi gli uomini. Estraendo la sua Colt, Cole aveva sparato diversi colpi a vuoto indirezione del balcone da dove credeva provenissero i colpi. Le sue azioni non erano servite a molto, perché un altro colpo aveva colpito Orso Bruno al polpaccio sinistro.

"Lasciami", gemeva l'esploratore, agitando selvaggiamente la mano, esortando Cole a mettersi fuori portata.

"Non lo farò, vecchio amico. Mai."

"Per favore. Trova un riparo e da lì potrai..." Aveva stretto gli occhi mentre un brivido di dolore lo attraversava.

Guardando verso la casa, e le fiamme che ora consumavano la facciata, Cole sapeva che Burroughs avrebbe dovuto fare una fuga abbastanza veloce. Finché non l'avesse fatto, però, le possibilità di essere colpito da un altro proiettile erano alte. Non c'era alcuna copertura in quell'area spalancata che portava all'entrata principale, e l'unica possibilità per Cole era di salire a cavallo e ritirarsi.

"Non muoverti, Cole".

Il suo viso si era alzato di scatto. Camminando con decisione verso di lui, con la pistola in mano, Julia Rickman era apparsa dal lato dell'edificio. Era rimasto di stucco.

"Ti ho seguito fino a qui, ma eri così intento a trovarlo che non hai pensato a guardare dietro di te. È stato quando stavi cercando attraverso la città che sono venuta quassù. Sapevo che l'avrei trovato".

Un improvviso fragore di legname che cadeva gli aveva distolto gli occhi da lei. L'edificio si era schiantato a terra, i tizzoni arroventati esplodevano sul terreno compattato, e Burroughs era apparso attraverso il fumo dilagante, con le maniche della camicia arrotolate, i pantaloni sporchi di fuliggine e di terra, gli occhi che brillavano nella maschera del volto annerito. Il fuoco, dopo aver consumato la porta, si era spento, permettendo a Burroughs di uscirne indenne. Sorrideva mentre avanzava.

"Sapevo che ci saremmo incontrati, prima o poi", aveva detto Burroughs, facendo oscillare il grosso Sharps verso lo scout. "Sembra che il tuo amico abbia bisogno di qualche cura".

Orso Bruno, che si contorceva a terra, cercava invano la sua pistola nella fondina. Burroughs, ridacchiando di gioia, l'aveva scalciata via dalla presa dell'esploratore. "Credo che lo lascerò qui fuori a morire. Anche tu, Cole. Non sei stato altro che una spinanel fianco dal giorno in cui hai deciso di darmi la caccia. Be', ora è tutto finito. Io e Julia andremo in Messico, venderemo i cavalli e faremo un bel gruzzolo. Oh, sì, ce li ho. È tutto sistemato. L'unico nodo in tutto questo piccolo e ordinato piano eri tu, che mi portavi ad affrontare il processo. Ma Julia mi ha aiutato, ha trattenuto il capitano in prigione e mi ha liberato. Sorpreso?" Aveva riso di nuovo, godendosi il suo momento. "Avevamo capito tutto fin dall'inizio".

"È vero, Cole", aveva detto Julia sorridendo. "Il mio unico problema è stato quello di dover spaccare la testa al povero vecchio Roose. Mi è sempre piaciuto".

"Allora hai ucciso Phelps?"

"No, io l'ho fatto", aveva detto Burroughs. "Mi sono anche divertito. È sempre stato un buono a nulla dalla bocca larga. Voleva una quota maggiore di quella che ero disposto a dare. Certo, ha contribuito a darmi Parrot, ma è diventato avido. Doveva morire".

"Ma tu non hai ucciso Parrot, vero? Sei stata tu".

Aveva guardato Julia. Il suo viso rimaneva impassibile. "E Nolan? Era alla prigione?"

"No, no, ti sbagli, Cole. Non so dove sia Nolan. Non c'è dubbio che si farà vivo. Allora potrò ucciderlo".

"Sei un vero incantatore, vero, Burroughs?"

Un sorriso, ampio e brutto, era stata l'unica risposta.

"Allora è vero", aveva detto Cole, scuotendo la testa. "Tu, Parrot, Rickman, Phelps e Spelling ci eravate dentro insieme, fin dall'inizio..." aveva girato il viso verso Julia. "Anche tu?"

"All'inizio no. Dopo aver ucciso mio marito, ho fatto un accordo con il buon sergente, qui". Aveva riso alle sopracciglia sollevate di Cole. "Cosa ti aspettavi? Non avrebbe mai diviso i soldi con me. Così... ho fatto la mia mossa".

"E io ho prontamente accettato", avevaaggiunto Burroughs.

"La nostra più grande preoccupazione eri tu, Reuben. Sapevamo entrambi che non ti saresti mai fermato, che avresti continuato a cercarci, così ti abbiamo attirato qui fuori e tu sei venuto, proprio come sapevamo che avresti fatto, come un piccolo cucciolo che corre al richiamo del suo padrone".

Cole aveva calcolato la possibilità che lui tirasse fuori la sua Colt e li facesse fuori entrambi prima che riuscissero a spargli. Sapeva che sarebbe stato impossibile, ma sapeva anche che avrebbe potuto almeno abbattere Burroughs. Ne sarebbe valsa la pena. Tutto ciò di cui aveva bisogno era una piccola distrazione che gli desse un vantaggio. Aveva fatto un cenno verso Burroughs. "Ma mi hai detto che lo odiavi per quello che aveva fatto. Che era tutta colpa sua se avevi perso tutto".

"Sì, sì, è vero".

"Non mi ha mai biasimato, Cole", aveva detto Burroughs, lo Sharps nelle sue mani diventava pesante. Cole poteva vederlo mentre Burroughs abbassava il grosso fucile. "Quando sono andato da lei col mio piano, ha prontamente accettato. Dopo il modo in cui era stata trattata, come poteva non farlo".

"Li avevo uccisi tutti", aveva detto, scuotendo la testa, impallidendo. "Non credevo di poter ricominciare".

"Non finché non sono venuto da te, mia adorata".

"Non finché non sei venuto da me, è vero". Lei aveva sorriso al sergente. "Era come un segno dal cielo che tutto quello che avevo fatto ne era valsa la pena".

"Ed è vero. Non appena avremo venduto quei cavalli, potremo comprarci un piccolo ranch, farci una vita comoda. Tu ed io. Insieme. Suona bene, eh, Cole?"

"Sembra bello", aveva detto Julia prima di girare la testa verso di lui. "Tranne che non ci sarà un tu ed io".

Il cipiglio di Burroughs bruciava così profondamente che Cole pensò che al sergente potesse spaccarsi il cranio.

Lei gli aveva sparato in testa e lui era caduto senza far rumore. Rapidamente, aveva spostato la pistola su Cole prima che lui avesse la possibilità di riprendersi dallo shock ed estrarre la sua Colt.

"Non essere così sorpreso, signor Cole. Ti ho detto che volevo vederlo morto".

"Ma..." Cole aveva spostato lo sguardo dal corpo morto di Burroughs a lei, la confusione regnava. "Cosa?"

"Occupati del tuo amico", aveva detto. "Ci sono molte medicine e cose simili nella dependance sul retro". Aveva indicato una zona dietro la villa dei Rickman. "Quanto a me, non voglio vedere mai più questo posto". Aveva sospirato a lungo. "Mi porterai dentro? Mi farai processare?"

Si era alzato in piedi e si era messo a massaggiarsi occhi. "Non pretendo di capire cosa ti abbia spinto a fare tutto questo, ma Burroughs se lo meritava. L'hai aiutato a fuggire per poterlo uccidere a mani nude".

Aveva scosso la testa, con la tristezza che lo assaliva. "Ti senti meglio ora?"

"Non credo che sia la parola che userei, signor Cole. Non potrò mai sentirmi meglio, ma almeno avrò quei cavalli. Li prenderò e li venderò, ricomincerò da capo. A meno che tu non stia pensando di fermarmi".

"Non sono così sicuro che ci riuscirei..."

"Bene, allora".

Aveva annuito anche lui. "Bene, allora".

"Credo che andrò per la mia strada".

CAPITOLO VENTISETTE

1875, il presente

Adeline gemette, agitandosi tra le sue braccia. "Sei lontano", disse lei.

Sbattendo le palpebre, riportandosi al presente, guardò Adeline in faccia. "Non ce la farai".

"No. Lo so. Contento?"

"Un po'".

"L'ho pensato anch'io", disse e sorrise.

La sentì diventare pesante tra le sue braccia e capì che la fine si stava avvicinando. "Non avresti dovuto fare quello che hai fatto. Quella famiglia merita giustizia".

"Sei così alto e potente. Il modo in cui hai lasciato andare quel rinnegato. Racconterà al mondo intero di te".

"Forse sì".

"E quella famiglia. Che tipo di giustizia? Vedermi appesa per il collo?".

"Qualcosa del genere".

"Meglio che lasciarmi sanguinare qui fuori al sole, scommetto".

Alzò lo sguardo e sospirò, non sapendo più cosa fosse la giustizia né come potesse essere dispensata. "Una cosa è certa, non lo farò più".

"Oh, davvero? Perché no."

La sua voce suonava debole, il suo respiro affannoso, qualcosa come chiodi di ferro che tintinnavano nel suo petto. "Ne ho avuto la pancia piena".

"Triste modo di finire, tu che mi trattieni mentre muoio".

Prima che lui potesse reagire, lei si lanciò verso la sua fondina di cavalleria. Lui cercò di allontanarsi, prendere la mano di lei, deviare il proiettile, ma era troppo tardi. In un lampo, lei si mise la canna sotto il mento e fece saltare ciò che restava della sua stessa vita dalla parte posteriore del cranio.

La seppellì in un luogo appartato, con il ragazzo accanto. Non diede loro alcun segno. Gli altri corpi li lasciò a sbiancare e a gonfiarsi al sole. Non gli importava nulla di loro. Forse gli importava poco di Adeline, ma forse Sebastian aveva provato qualcosa per lei. Almeno, questo è quello che Cole voleva credere mentre si allontanava lentamente e silenziosamente con i cavalli e i muli legati dietro di lui.

Fu un viaggio lungo e solitario,durante il quale fece del suo meglio per non pensare a nulla.

Fine

Caro lettore,

Speriamo che leggere *Il Cacciatore* ti sia piaciuto. Per favore, prenditi un attimo per lasciare una recensione, anche breve. La tua opinione è molto importante.

Saluti

Stuart G. Yates e il team Next Chapter

Il Cacciatore
ISBN: 978-4-82415-083-7
Tascabile in edizione economica

Pubblicato da
Next Chapter
2-5-6 SANNO
SANNO BRIDGE
143-0023 Ota-Ku, Tokyo
+818035793528

20 settembre 2022

www.ingramcontent.com/pod-product-compliance
Lightning Source LLC
LaVergne TN
LVHW032011070526
838202LV00059B/6398